W0296447

DU MÊME AUTEUR

Aux Éditions Plon

AUTOPORTRAITS EN NOIR ET BLANC, roman, 2001.

Aux Éditions Le Passage

BIOGRAPHIE D'UN INCONNU, roman, 2008.

L'ORIGINE DE LA VIOLENCE, roman, 2009 (Prix Orange du livre 2009, Prix Renaudot du livre de poche 2010).

LA FORTUNE DE SILA, roman, 2010 (Grand Prix RTL-Lire 2011).

AVANT LA CHUTE, roman, 2012.

Aux Éditions Gallimard

ÉDEN UTOPIE, roman, 2015.

COMMENT VIVRE EN HÉROS, roman, 2017.

LE MONDE N'EXISTE PAS, roman, 2020. (Prix du festival du film américain de Deauville 2020. – Prix Filigranes 2020.)

L'EXPÉRIENCE DES FANTÔMES

FABRICE HUMBERT

L'EXPÉRIENCE DES FANTÔMES

roman

nrf

GALLIMARD

Reproduction p. 233 : photo © Petecarney / CC- BY-SA 3.0.

© Éditions Gallimard, 2023.

« Les grandes écluses du monde des merveilles s'ouvraient devant moi et dans les folles imaginations qui me faisaient pencher vers mon désir, deux par deux entraient en flottant dans le secret de mon âme des processions sans fin de baleines avec, au milieu, le grand fantôme blanc de l'une d'elles, pareil à une colline de neige dans le ciel. »

Herman Melville, *Moby Dick*

Si étranges qu'ils soient, les événements relatés dans cet ouvrage sont authentiques. Les journaux de l'époque ont fait des recensions précises et circonstanciées des moments les plus surprenants de ce récit. Des témoins oculaires les ont consignés dans des ouvrages que chacun pourra consulter dans les bibliothèques nationales anglaise et canadienne. L'auteur s'est permis de les livrer aux lecteurs.

Le 11 juin 1847, dans sa demeure de Londres, Jane Franklin fit un rêve : elle vit son mari, l'amiral John Franklin, entouré d'une nuée bleue, ses rares cheveux comme épaissis et d'un blanc éclatant. Il était plus robuste que dans son souvenir. Son visage était contracté par la peur et il fuyait sur la neige. Ce n'était pas de la panique, plutôt une sorte de peur réfléchie, et il fuyait comme un homme qui compte bien échapper au danger. Derrière lui, il y avait une ombre mais les obscurités et les troubles du rêve empêchaient Jane de savoir s'il s'agissait de la nuit qui s'avançait ou d'une tout autre créature. Et puis John s'abattit par terre. Il tenta de se relever par le côté : son visage déterminé était devenu hagard.

Le rêve s'arrêta. Au matin, lorsque Jane s'éveilla, les mêmes images lui revinrent alors que tous ses rêves, d'habitude, se dissipaient. Son corps était lourd et elle se sentait fatiguée. Elle avait envie de pleurer.

Elle se prépara seule, sans domestiques, puis elle fit envoyer un mot à son ami James Ross, l'explorateur de l'Antarctique, qui la reçut quelques heures plus tard. Elle hésita à lui raconter son rêve, parce qu'elle se trouvait ridicule, mais James Ross n'était pas homme à sourire des prémonitions. Il en avait trop vu, dans sa vie d'explorateur. Il voulait bien croire à tout et à rien, aux esprits, aux rêves comme à Dieu.

— John est parti depuis plus de deux ans pour l'Arctique et nous n'avons jamais eu la moindre nouvelle, dit Jane. Alors ce rêve…

— Les rêves ne sont que des rêves.

— Oui, mais celui-là…

James Ross la regarda.

— J'ai écrit dès janvier à l'Amirauté. Il n'est pas normal qu'aucun baleinier n'ait croisé les navires de votre mari.

— Je le sais bien, James. Il faut envoyer une expédition de secours et il faut que vous en preniez la tête.

— C'est ce que j'ai proposé. L'Amirauté m'a répondu qu'il fallait attendre et que les navires étaient chargés de vivres pour trois ans. Que l'*Erebus* et le *Terror* étaient les bateaux les plus fiables jamais envoyés en Arctique.

— Je paierai moi-même le navire de secours, dit Jane.

Elle tourna la tête vers le fond de la pièce. Il lui semblait distinguer une lueur bleutée.

PREMIÈRE PARTIE

JOHN FRANKLIN

Des années plus tôt

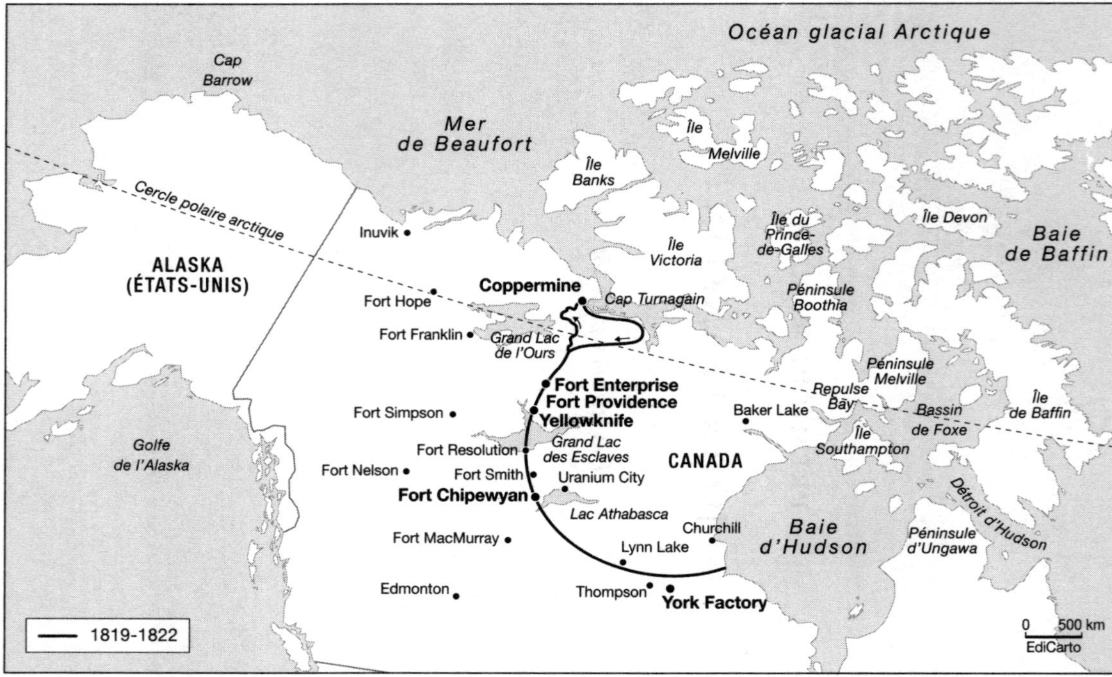

L'expédition Coppermine

1

Vingt-cinq ans avant ce rêve, John Franklin était devenu le plus célèbre explorateur d'Angleterre après une expédition au nord du Canada, à l'âge de 33 ans. Dans des conditions atroces, il avait marché, avec ses compagnons, de la baie d'Hudson jusqu'à l'Arctique, avant d'embarquer sur deux canots pour explorer les côtes qui ouvraient le passage du Nord-Ouest, ce passage mythique qu'on cherchait depuis des siècles et qui aurait permis de rejoindre l'océan Pacifique par le pôle Nord, et donc la Chine et les Indes. La faim, les haines et l'épuisement avaient décimé l'expédition, mais John Franklin était revenu vivant, et le récit de son voyage avait enflammé l'Europe.

Rien n'annonçait un pareil destin. Les parents de l'enfant, Willingham Franklin et Hannah Weeks, tenaient un magasin de tissus dans la ville de Spilsby, dans le Lincolnshire. John y était né là, au premier étage. Puis la prospérité avait permis au couple d'acheter un petit domaine rural dont ils étaient fiers, à dix miles de la mer

– sans qu'ils s'y rendent jamais. Ils n'avaient jamais vu la mer et n'avaient jamais pensé la voir.

John était un enfant sale qu'on prenait pour un idiot. C'était à sa naissance un bébé faible et souffrant, au point qu'on avait cru pendant plusieurs années qu'il ne survivrait pas. Un enfant arriéré, lent en tout, un peu stupide au milieu des douze enfants de la famille. Son regard semblait absent. Il avait quand même réussi à marcher. Un jour, il avait dit un mot. Et cela avait surpris tout le monde. Et lorsqu'il s'était mis à parler, on s'était dit qu'il n'était peut-être pas si demeuré.

Juste en face du domaine des Franklin s'élevait la grande demeure du révérend Walls, qui recevait chaque jour des visiteurs, en beaux équipages et beaux habits. Dès le premier jour de leur installation, le petit John, cet enfant lent et malpropre, détestant s'habiller ou se laver, osa se planter devant la porte du perron familial pour contempler ce passage fastueux de calèches. Il resta là, immobile, fasciné, en se fourrant le doigt dans le nez. Plusieurs fois, Willingham lui demanda de ne pas rester là.

L'enfant de sept ans ne répondait rien. Son père le prit par le bras et le fit rentrer dans la maison.

Il leva la tête vers son père et le contempla de ses yeux vides.

— Vous avez honte de moi, père. C'est pour ça que vous voulez me faire rentrer.

Il dit cela du ton monocorde d'un constat. Willingham tressaillit.

— Cela n'a rien à voir. On n'observe pas les gens ainsi. N'y retourne pas.

Le lendemain, John passa la porte pour regarder les calèches. Sa mère le fit rentrer. Willingham n'osait plus. John s'assit dans un fauteuil et ne bougea plus de la matinée.

Le surlendemain, il s'installa juste devant la route. Les invités du voisin tournaient la tête en croisant cet enfant sale à l'expression fascinée et stupide.

Willingham descendit l'escalier à grands pas.

— John, reviens à la maison, murmura-t-il furieusement à l'oreille de son fils. Et je ne veux plus jamais te voir là.

À l'intérieur, il saisit un fouet suspendu.

— Essaie une autre fois et je te promets que tu t'en repentiras.

L'enfant regarda le fouet de son air absent.

Le jour suivant, il était de nouveau sur le perron. Willingham, stupéfait, l'emporta dans ses bras.

— Je t'avais prévenu.

Il lui ôta sa chemise. Le fouet claqua. John, le souffle coupé, éprouva une douleur intense. Il pleura, il eut peur, il supplia.

Le lendemain, il sortit devant le perron pour observer les nouveaux invités. Et cette fois, personne n'alla plus le chercher. Il était là, débraillé, avec deux dents de lait manquant sur le devant, souriant d'un air idiot.

À l'âge de 10 ans, comme il s'était révélé beaucoup moins arriéré qu'on ne l'avait cru, comme il devenait *normal*, on l'avait envoyé à l'école à Saint Yves puis à Louth. Au début, il était dans la classe des petits, de trois ans plus jeunes que lui. Quelques mois plus tard, dans celle des moyens. Puis il avait rattrapé tous les grands.

Son sourire était toujours un peu idiot, mais il comprenait aussi vite que les autres. Puis plus vite, surtout les sciences. Il connaissait les étoiles comme personne.

Le maître leur avait fait apprendre par cœur la carte des grandes découvertes de la Renaissance. C'était un petit homme en habit noir. Il avait dit : « Les Espagnols et les Portugais ont découvert le monde, les Anglais l'ont civilisé. Et tout ce qui reste inconnu, nous le découvrirons. » À la fin du cours, John était allé vers le maître, ce qui ne se faisait pas, et il avait déclaré d'un ton à la fois sentencieux et naïf :

— Je découvrirai le reste du monde. Je serai comme le capitaine Cook.

— Bien sûr, avait répondu le maître. Va essuyer le tableau.

Un jour, avec un camarade, John avait manqué l'école et il était parti voir la mer à Saltfleet. Il était resté stupéfait, saisi à jamais, saisi pour toujours. Cette fuite vers un horizon toujours dérobé – et toujours offert aussi parce qu'on pouvait passer toutes les portes de l'horizon et au-delà. Et ce son du ressac qui était comme une paix infinie. Et cette odeur qui vous emplissait et qui était comme une vie saline, un frémissement du corps. Il avait été happé, nouant une alliance avec cette entité, rencontrant ainsi son destin.

Le maître, qui pensait peut-être à la déclaration de son élève, avait demandé à chacun quel acte héroïque il accomplirait plus tard. Et lui avait répondu : « Je bâtirai une échelle jusqu'au ciel. » Tous les biographes ont répété cette phrase. C'est sans doute ça, un destin : une déclaration enfantine devant les hommes.

À l'âge de 14 ans, et malgré l'opposition de son père, qui préférait « l'accompagner à la tombe plutôt qu'à la mer », John Franklin s'était engagé comme mousse ; il avait connu sa première bataille à 15 ans, contre les vaisseaux danois et norvégiens, à Copenhague, sous les ordres de l'amiral Nelson. À 19 ans, sur le *Bellerophon*, il affrontait la flotte franco-espagnole à Trafalgar, bataille qui vit la fin de Nelson et celle de son propre commandant Cooke. Pris sous le feu des canons de quatre navires ennemis, tout l'équipage décimé, il fit partie des huit survivants. Une surdité partielle en résulta, qui l'affectera toute sa vie. En mer de Chine, il avait été sur le pont lors de la bataille de Pulo Aura, encore contre les Français. Lieutenant, il avait participé à la bataille victorieuse du lac Borgne, en 1814, contre les Américains, sur une chaloupe glissant sur le lac. Il fut blessé dans la bataille, décoré.

En 1818, on lui confia le commandement du *Trent* à la recherche de la mer libre de glace, au pôle Nord, l'expédition restant sous la direction de David Buchan. Bloqués par les glaces du Spitzberg, les deux navires durent rebrousser chemin. C'est alors qu'il fut chargé de cette expédition du Nord-Ouest, nommée « expédition Coppermine ».

2

Avant de prendre le nom de Franklin, Jane s'appelait Griffin. Et Jane Griffin n'aurait jamais fait la connaissance de son mari sans la Coppermine. Jeune héritière introduite dans les meilleurs milieux, célèbre pour son impétuosité, on la disait aventurière parce qu'elle voyageait sans cesse, et lettrée parce qu'elle passait son temps à lire et à écrire, serrant ses pensées et ses expériences dans de petits carnets de voyage qu'elle accumulait. Elle n'aurait jamais voulu rencontrer un pauvre lieutenant inconnu.

Mais ce lieutenant participa à une expédition qui, par-delà les cauchemars, les morts et les fantômes, fit rêver toute l'Angleterre. Une expédition qui fit de lui un héros, terme qui n'a peut-être pas de sens en soi, mais qui en avait beaucoup pour le tempérament romanesque de Jane. Après la Coppermine, John Franklin devint *l'homme qui mangea ses bottes.* Il fut paré d'un manteau d'illusions puisqu'un héros n'est jamais sans doute que le produit d'un récit, et ce manteau séduisit Jane au-delà de toute mesure.

Ce récit des aventures de John Franklin fut le socle de leur mariage, par-delà les trahisons, et pour l'avoir relu des dizaines de fois, pour l'avoir entendu ensuite par fragments à d'innombrables reprises, de dîners en réceptions mondaines, de confidences en ressassements, Jane devint la mémoire vivante de cette aventure qui la fascinait, et qui la fascinait d'autant plus qu'à certains égards *l'homme qui mangea ses bottes* n'était pas celui qu'elle connaissait. Car John Franklin ne correspondait pas à ce qu'on appelle d'habitude un héros, image sans doute fausse et mythifiée, et s'il fut considéré ainsi, c'est peut-être parce que certaines situations poussent les êtres au-delà d'eux-mêmes ou bien que les hommes ont trop besoin de héros pour ne pas les créer.

Toujours est-il que Jane se souvenait parfaitement de l'expédition Coppermine, avec cette part d'incompréhension que suscite toute aventure incroyable et pourtant attestée. Elle se souvenait du moindre détail de ce voyage, à commencer par la date du départ d'Angleterre, le 23 mai 1819, et les quatre compagnons de John, qu'ils aient survécu ou non à l'expédition, étaient parmi les noms les plus familiers de son existence : les aspirants Robert Hood et George Back, âgés de 22 et 23 ans, le Dr Richardson, dont on attendait des rapports sur la faune et la flore, puisque comme d'habitude cette exploration était aussi une expédition scientifique, et un matelot, John Hepburn, que Franklin connaissait depuis le *Trent.* Cinq hommes en tout pour une des expéditions les plus audacieuses de la modernité. C'étaient tous des hommes jeunes, sans expérience de ces territoires. S'ils connaissaient bien la mer, la terre leur était étrangère, et surtout cette terre du Nord canadien.

Leur mission consistait à remonter jusqu'aux côtes de l'Arctique à partir de la baie d'Hudson, soit plus de 1 000 miles mal cartographiés, en empruntant à la fin la rivière Coppermine. Le nord de leur carte, cette blancheur un peu opaque et défraîchie, indiquait des territoires vierges. Puis, à partir de l'Arctique, ils devaient s'embarquer sur deux grands canots qu'ils traînaient avec eux pour repérer le passage du Nord-Ouest, avant de refaire le chemin en sens inverse. Une expédition qui devait durer trois ans.

Pour une telle durée, et avec de telles charges à porter, les Britanniques avaient dû embaucher sur place des Canadiens. C'étaient ces hommes qui avaient suscité le plus d'interrogations de la part de Jane. Elle avait toujours demandé des précisions, des détails, des noms, bien que tout cela, avec les années, se soit peu à peu dilué, ramenant les individualités à un groupe un peu sombre et menaçant, que John appelait tantôt les Voyageurs, suivant leur nom d'usage, tantôt les Canadiens. Si Jane s'était tant interrogée à leur égard, c'est d'abord parce que le récit de son mari n'avait jamais bien éclairci leur nature, mais aussi parce que la légende qui entourait ces hommes jusqu'en Europe n'aidait pas à les définir. Plusieurs rapports, depuis le XVIIIe siècle, parlaient d'eux comme de sauvages, intermédiaires entre les Canadiens français et les Indiens, souvent métis, vivant du commerce de fourrure. On les disait violents et voleurs, *sans foi ni loi*, on disait aussi qu'ils vendaient leurs femmes quand ils en étaient fatigués ou qu'ils avaient besoin d'argent.

Franklin avait choisi seize hommes parmi les postulants. C'étaient des brutes, et même les cinq Britanniques, habitués aux mœurs primitives de la Navy, en furent surpris. Ils parlaient un français grossier et âcre, que les cinq hommes, parlant pourtant tous cette langue, avaient du mal à comprendre. Si tous ces hommes s'étaient dilués dans la mémoire de Jane, deux noms s'imposaient encore avec la précision trouble, obsessionnelle, des anciens souvenirs : Saint-Germain, l'interprète, le seul à parler à la fois français, anglais et la langue indienne du Nord canadien, l'athapascan, qui gagnerait 3 000 livres par an, somme extraordinaire dans ces contrées, les autres étant déjà payés une fortune : 2 000 livres. Et Michel Teroahauté bien sûr, un Iroquois qu'elle ne pouvait oublier, compte tenu des événements qui allaient suivre.

On n'aurait pu se passer des Voyageurs. Il fallait porter jusqu'à la côte les deux petits bateaux qui navigueraient sur l'Arctique pour explorer le passage du Nord-Ouest, et cinq hommes sans expérience des chiens et des traîneaux en auraient été incapables.

Alors ils partirent. Ils suivirent des chiens puants et sauvages, affamés en permanence, et des maîtres qui ressemblaient à leurs chiens, sauf que les maîtres étaient seuls à détenir le fouet qui déchirait au moindre prétexte la gueule des bêtes. Ils marchèrent dans des paysages immenses et immobiles. Ils étaient comme des insectes épinglés sur une toile infinie. Ils avançaient, mais rien ne bougeait parce que tout était trop grand. Le plus souvent possible, ils s'embarquaient sur ces rivières qui étoilaient le territoire, échappant pour un temps à la fatigue, mais très vite, il fallait revenir à terre, remettre les bateaux sur les traîneaux ou les porter à l'épaule, pour franchir les mille obstacles des cours d'eau, rochers, cascades, torrents.

L'arrivée de l'automne couvrit la terre des premières neiges. On enfila des raquettes qui lacéraient les pieds en exigeant des efforts sans fin. Parfois, on croisait des troupeaux de rennes tandis que les hurlements des loups se faisaient entendre. Ce mélange de beauté et d'effroi en venait à vous couper le souffle : le territoire des merveilles et des peurs, un trop-plein d'immensité.

De temps en temps, la troupe rencontrait des Indiens, souvent des êtres malades et affaiblis qui cherchaient de la nourriture. Un jour, une femme s'approcha d'eux, tenant son fils par la main. Saint-Germain échangea quelques mots avec elle, puis demanda l'autorisation de distraire un peu de pemmican de leurs provisions, ce à quoi Franklin consentit. L'interprète expliqua ensuite que cette femme avait tué son père et sa mère pour se nourrir et nourrir son fils. Les Britanniques la regardèrent avec horreur.

Eux-mêmes commencèrent à manquer de nourriture. Et puis, dans un rapide, ils perdirent un Voyageur, qui tomba du bateau et se noya. On entendait maugréer les Canadiens. Ils avaient faim, cette expédition était une folie… Les Britanniques tenaient toujours à portée de main leurs armes chargées. Ils savaient aussi que les 2 000 livres annuelles, payées à échéance, les protégeaient. Il faudrait vraiment un accident pour que ces hommes se privent d'une telle somme.

Cet accident se produisit pourtant et l'attitude de John Franklin, en cette occasion, n'étonna pas Jane. Elle était bien consciente de l'innocuité de son mari, qui passait souvent pour un faible. L'homme n'impressionnait pas et sans la puissance du récit qui accompagnerait toute sa carrière après la Coppermine, John serait resté toute sa vie un officier sans avenir. Les Voyageurs le considéraient comme un être placide, peu résistant et à peu près incompétent, qu'ils méprisaient. Il n'était ni fort ni dur, ce qui était pour eux les seuls critères importants, raison pour laquelle ils respectaient par-dessus tout Saint-Germain.

Un jour, alors que la ration de la veille avait été encore diminuée, faute de réserves, un homme s'arrêta et jeta son sac à terre. Toute la troupe fit halte. Les chiens, surpris, les observèrent.

— J'irai pas plus loin si je mange pas, dit l'homme.

Les Canadiens se mirent tous à protester et à crier, et tous lancèrent leurs sacs à terre. Les Britanniques se sentirent perdus.

Or les Canadiens se trompaient : Franklin n'était pas faible. Il était fort à sa façon, qui était l'obstination inflexible et le sens du devoir. Soudain, tout son être se rebella, de manière presque incompréhensible : ces hommes refusaient d'accomplir leur mission !

— Ce n'est rien d'autre qu'une mutinerie, hurla-t-il en tirant son pistolet.

Il s'approcha du premier homme qui s'était arrêté et lui posa l'arme sur la tempe.

— Remettez-vous en marche ou je vous fais éclater la cervelle !

Stupéfait, l'homme ouvrit la bouche. Puis, comprenant que cet Anglais allait le tuer, il la referma et reprit son sac. Les autres firent de même, avec amertume. Au soir, ils tuèrent deux petits rennes, ce qui leur permit de manger à leur faim.

Ils avaient découvert un autre visage de Franklin que Jane connaissait bien : cette part de résistance à tout et à tous qui était peut-être ce que son mari avait d'héroïque. C'était peut-être aussi une sorte de bêtise du devoir, elle n'avait jamais trop su. Les mots étaient toujours assez piégés en ce domaine.

Quand l'hiver s'abattit sur la contrée, avec un froid intense, souvent à – 60 °C, qui était comme un châtiment, il fallut hiverner. Franklin choisit une hauteur sur une colline à proximité d'un lac, sur un territoire giboyeux où vivait déjà une tribu indienne. Les Canadiens bâtirent un camp d'hiver à l'aide de leurs seuls couteaux. Deux cabanes de rondins qu'on nomma Fort Enterprise. Le groupe resta là plusieurs mois immobiles, à côté d'un feu permanent, à écrire et relire les journaux de bord de l'expédition.

Le 14 juin 1821, soit un peu plus de deux ans après leur départ d'Angleterre, les Britanniques purent enfin quitter Fort Enterprise. Ce furent de nouveau des semaines de marche difficile, dans une neige lourde puis dans une glace poreuse. Au début du mois de juillet, la rivière Coppermine s'ouvrit enfin devant eux. Ils contemplèrent avec soulagement cette rivière qui était leur objectif depuis si longtemps et qui devait les mener jusqu'à la mer Arctique, dans le golfe du Couronnement. D'une longueur totale de 525 miles, elle était à cet endroit-là large de 200 ou 300 mètres, encore encombrée de glace, à l'exception d'un passage au centre. Comme sur l'essentiel de son cours, elle s'enfonçait au milieu d'un canyon schisteux bordé d'une toundra nue.

Son cours était vif et bouillonnant. Lorsque les hommes embarquèrent, les bateaux volèrent sur les rapides, pour le meilleur et pour le pire, au risque d'éclater contre les rochers. Parfois, la glace se refermant, il fallait s'ouvrir un chenal à la hache ou porter les bateaux. Heureusement, le plus souvent, ils progressaient à vive allure, même s'ils perdirent un peu de temps à réparer les bateaux abîmés ou déchirés par les chocs.

Le 20 juillet, lorsqu'ils s'engagèrent sur l'océan Arctique, il restait vingt hommes, deux bateaux et mille cartouches de fusil. Seuls les Britanniques avaient déjà vu la mer, et les autres la contemplèrent avec effroi. Ils ne virent que de la glace, des vagues brutales et deux embarcations qui leur semblèrent minuscules.

3

Est-ce à partir de là que Jane ne reconnaissait plus son mari ? Est-ce à partir de l'Arctique que rien de ce qu'elle connut de lui, pendant les vingt années de vie commune qui les unirent, les faisant et les défaisant comme toute vie, ne ressembla à l'être qui vécut la Coppermine ? Ou est-ce un peu plus tard, dans les Barren Grounds, les Terres stériles ? En tout cas, c'est sans doute cette étrangeté qui conféra pour toujours un mystère à John Franklin, mystère sans lequel elle n'aurait pu supporter l'être un peu trop placide, et même parfois geignard, avec lequel elle vécut. Mais derrière les gémissements, derrière les platitudes de la vie commune, il y avait l'étrange.

L'expédition commença son voyage sur la mer Hyperboréenne, expression que Franklin aimait à répéter. Les Hyperboréens, disait-il à sa femme, sont chez les Grecs anciens une race de géants vivant par-delà le borée, le vent du nord, donc dans les cercles arctiques. Il passait par-delà le monde connu. Il était le premier Européen à explorer ces côtes.

Ils embarquèrent dans la brume. Parfois se dessinait

devant eux un iceberg, de toute façon la glace n'était jamais loin et il fallait trouver un chenal pour passer. Ils affrontèrent une tempête qui remplit d'effroi les Voyageurs. De temps en temps on distinguait des traces d'Inuit, toujours des camps abandonnés, défaits, une carcasse de renne, quelques ustensiles, un traîneau. Un crâne entre deux rocs.

Un matin, les Voyageurs hurlèrent en désignant dans l'eau une forme mouvante. Ils voyaient un dragon. Franklin leur assura que les dragons n'existaient pas mais après tout, qu'en savait-il ?

Les provisions de nourriture s'amenuisent. Quatorze jours au début. Sept jours. Trois jours. Les chasseurs, sur les îles, abattent quelques maigres rennes, Saint-Germain tue le seul gros renne qu'ils aient rencontré depuis des mois. Quelques renards blancs sont chassés ainsi que plusieurs ours bruns, redoutés par les Indiens, mais beaucoup moins dangereux que le laisse entendre leur réputation, pense Franklin devant leur faible résistance. Ils progressent. Ils s'arrêtent sur la côte, sur une île, chassent. Trouvent du bois ou non, et donc se chauffent et cuisent leur nourriture ou non.

Et surtout Franklin nomme. Chaque fois qu'il dépasse une baie, un cours d'eau, une crique, il les baptise : Cape Barrow, Stream Back, Brown's Channel, Tinney Cove, Porden Islands… Il songe à celui qu'on appelle le Nomothète, celui qui dénomme, à Adam. « Dieu, qui avait formé du sol tous les animaux des champs et tous les oiseaux du ciel, les fit venir vers l'homme pour voir comment il les appellerait, et pour que tout être vivant portât le nom que lui donnerait l'homme. Et l'homme donna des noms à tous les animaux domestiques, aux oiseaux du ciel et à tous les animaux des champs. » Franklin ne nomme pas les animaux, il les tue, mais il donne un nom au paysage qu'il embrasse sur l'eau froide. Qualifier et nourrir l'infini classement des êtres et des choses.

Les Voyageurs pensaient qu'ils allaient mourir. Saint-Germain alimentait ces craintes, et les officiers furent bientôt convaincus, devant les chasses infructueuses qui se multipliaient, qu'il échouait volontairement à rapporter du gibier, afin de contraindre au retour.

— Nous devons trouver le passage du Nord-Ouest, répondait Franklin.

Lorsqu'il n'y eut plus de provisions, lorsqu'à la mi-août la fin de l'été s'annonça, après une reconnaissance des côtes de 650 miles, lorsque leur seul avenir devint le glas de l'hiver, même John Franklin hésita.

— Les morts ne découvrent pas de passage, dit l'aspirant Back.

— À part l'au-delà peut-être, dit le jeune Hood, un sourire sur son visage émacié.

Franklin baissa la tête. Il avait échoué. Il avait cartographié des côtes qu'aucun Blanc n'avait encore jamais explorées, mais il n'était pas allé jusqu'au bout.

Il n'y eut plus qu'un seul nom à attribuer : le cap Turnagain.

Jane y voyait un message. Turnagain le bien nommé. Il n'y avait plus qu'à revenir et à mourir.

4

Bien que le projet de Franklin fût d'emprunter la rivière Coppermine, comme à l'aller, pour rejoindre Fort Enterprise, où ils avaient hiverné et laissé des provisions, l'état des embarcations et la multiplication des tempêtes l'interdirent bientôt. Les membres de l'expédition furent contraints de passer par la rivière Hood (aimer ses camarades de voyage et donner leurs noms aux éléments) qui les conduirait à passer par les Barren Grounds, une étendue de toundra déserte à la végétation rare. C'est là que le piège se referme sur l'expédition : ils ne trouveraient plus de nourriture sur ce territoire.

Sans doute est-ce à ce moment que Franklin devint un personnage de fiction, par ce compagnonnage avec la mort qui fait les héros. Et c'est donc là que Jane ne le reconnaît absolument plus.

Franklin et ses compagnons ne sont plus sur la terre. Ils marchent dans un espace nu, désolé, qui pourrait être une lointaine planète. Ce sont des êtres abstraits dans un espace abstrait. Il n'y a rien. L'étendue. La neige.

Quelques collines. Parfois, ils croisent quelques traces d'Indiens. Quelques traces de troupeaux. Des ombres en quête d'autres ombres. Ils avancent sans repères, et sans doute marchent-ils à l'intérieur d'eux-mêmes, d'un pas mécanique, pour ne pas tomber. Ils sont lourdement chargés – 45 kilos chacun –, ils ont faim, ils sont épuisés.

Cela n'avait pas si mal commencé pourtant. Ils avaient bâti deux petits canots à partir des deux embarcations devenues inutiles. Ils s'étaient réparti le cuir qui restait pour les chaussures ainsi que les vêtements chauds. Une des tentes d'officiers avait été donnée aux Voyageurs. Ils avaient laissé en cache les équipements qui n'avaient pas été jugés indispensables, conservant les armes, les munitions, les filets pour la pêche, les hachettes, ciseaux à glace, instruments d'astronomie, les vêtements, couvertures, les trois bouilloires et les deux canoës, soit ces 45 kilos par personne. Le but était d'atteindre Point Lake, à 149 miles, une distance assez courte.

Ils se mirent en marche le 1er septembre 1821. Il faisait autour de zéro, la neige tombait et le vent s'engouffrait dans les deux canots, faisant s'effondrer les porteurs. Mais ils progressèrent néanmoins de 12 miles dans la journée, s'arrêtant à sept heures pour se reposer et distribuer la dernière provision de pemmican dont ils disposaient. Ils restèrent les deux jours suivants immobilisés sous leurs tentes par la tempête, sans nourriture ni feu. La neige pénétra dans les tentes, même les couvertures en étaient tapissées. Lorsqu'ils reprirent leur marche le lendemain, le vent était glacial, leurs vêtements raidis de neige et de glace, et leurs doigts gourds eurent du mal à plier les tentes. La faim les fragilisait. Il fallut donner un peu de soupe à Franklin, évanoui. Ils repartirent en file indienne, posant les pieds dans les traces du précédent. Comme au premier jour, le vent faisait tomber les porteurs et l'un des canots fut endommagé sans retour, mais on soupçonnait son porteur de l'avoir fait exprès, pour se débarrasser de la charge.

Le pays se faisait plus montueux. Ils tuèrent quelques perdrix qui, accompagnées d'une plante dite *tripe de roche*, un lichen charnu, composèrent leur maigre repas. Les jours suivants, ils progressèrent difficilement, sur des terrains couverts de larges dalles de roches et de neige présentant une surface à l'apparence uniforme à travers laquelle trébuchaient les hommes, s'effondrant soudain dans un trou entre les dalles. Les chasseurs se lançaient sur les traces de gibier qu'ils découvraient, le cœur battant, revenant pourtant toujours bredouilles. Ils passèrent des torrents qui les gelaient et ils poursuivaient leur route, engourdis par le froid. Un voyageur (n'était-ce pas Belanger ? ou Berlanger) tombé à l'eau, son canot renversé, maintenu agrippé à un rocher au milieu du courant et ramené avec une corde, demeura des heures sans mouvement, sous les couvertures, à côté du feu et serré entre deux hommes pour le réchauffer.

Le 10 septembre, un troupeau de bœufs musqués surgit à leurs yeux ébahis dans une vallée. Les chasseurs s'avancèrent avec la plus extrême précaution, puisqu'il s'agissait désormais de vivre ou de mourir, et leur approche dura deux heures, durant lesquelles les hommes dissimulés prièrent. Franklin invoqua la Providence et un être étrange et inconnu qu'il nommait l'Auteur de toutes choses et le Pourvoyeur de tous Biens, d'autant plus étrange et inconnu en ces contrées mornes et meurtrières. Les chasseurs ouvrirent le feu et un bœuf s'abattit tandis qu'un autre, blessé, parvenait à s'enfuir. Sur-le-champ, tous se précipitèrent pour l'écorcher et le découper, dévorant l'estomac et les intestins sur place, comme des bêtes. Puis ils prirent le temps de cuire le reste, de planter les tentes, et ils mangèrent leur premier vrai repas depuis six jours.

Le lendemain, un mélange de vent et de neige les retint sous la tente. Ils se contentèrent d'un repas mais déjà il ne restait plus de viande que pour un jour. Lorsqu'ils repartirent, au jour suivant, les forces de chacun semblaient avoir décliné, comme si la viande, les nourrissant après la famine, n'avait fait que les affaiblir. C'est qu'ils avançaient en automates ; la viande leur avait rendu la vie, et donc la faiblesse.

Ils ne progressèrent que de 6 miles. Au soir, les Anglais se rendirent compte que les Voyageurs s'étaient débarrassés des filets. Tout espoir de pêche était aboli, pour quelques kilos de moins à porter, alors même qu'ils n'avaient souvent survécu, au cours de leur si long voyage, que grâce aux poissons. La tripe de roche, ce soir-là, leur donna la nausée.

Au matin, la faiblesse des hommes était telle qu'il fallut abandonner une part de leur chargement, et ne conserver que les munitions, les vêtements et les instruments d'orientation. Franklin promit son pistolet à Saint-Germain si celui-ci parvenait à rapporter de la nourriture et, par une atroce ironie quant à l'avenir, l'aspirant Hood prêta le sien à Michel Teroahauté, l'Iroquois, le seul à égaler et même surpasser Saint-Germain par sa résistance et ses qualités de chasseur.

Voyageurs et Anglais s'aimaient et se détestaient. C'était étrange et inconnu, comme l'Auteur de toutes choses et le Pourvoyeur de tous Biens. Franklin avait tremblé pour Belanger inanimé, avec une sincérité totale, absolue, comme pour un frère, et un autre Voyageur avait distrait de sa propre nourriture des morceaux de viande pour en nourrir les officiers réunis au matin, affaiblis, autour du feu. Mais les Voyageurs ne rêvaient, en même temps, que d'abandonner Franklin à ses délires, persuadés qu'ils allaient tous mourir s'ils restaient avec lui. Et pourtant ils ne le quittaient pas, non par pitié ni amour ni devoir, mais parce qu'ils ne savaient quel chemin prendre dans ce pays déserté de tout homme et où nul d'entre eux n'avait jamais mis les pieds.

Ils s'aimaient et se détestaient. Ils partageaient la viande et la famine, le feu et le froid, l'amour et la haine, la trahison et la fidélité. Ils se condamnaient en laissant les filets, en brisant les canots qui leur permettaient de passer les rivières, mais ils marchaient toujours en file indienne, condamnés à la mort et à la vie, fantômes et ombres d'un destin hagard, avançant les yeux grands ouverts dans un brouillard neigeux qui ressemblait à des haillons de vie.

Et pourtant ils continuaient. Le soir, ils réchauffaient leurs pieds gelés, s'ils pouvaient bâtir un feu, se nourrissaient de tripe de roche ou, lorsque celle-ci vint à manquer, d'une mousse arrachée au sol, et les officiers écrivaient aussi le compte rendu de la journée. Ils mouraient de faim, mais, chaque soir, ils tenaient leurs journaux. Oui, ils mouraient de faim, mais la mission se poursuivait.

Faiblesse et diarrhées de Hood. Difficulté à avancer. Ils tombent sur des restes de rennes dévorés par les loups au printemps, quelques os et cornes.

— Il faut les cuire, murmure Saint-Germain.

Ils les brûlent pour les rendre friables et les manger avec leurs vieilles chaussures. Ils rongent le cuir en silence, sans même vouloir comprendre ce qu'ils font et à quelles extrémités ils sont parvenus. *Des os, des cornes, des chaussures !*

Et c'est ce jour-là, se disait Jane, que Franklin devint Franklin. Que le gros homme sourd et déjà à moitié chauve devint le plus célèbre des explorateurs anglais de l'Arctique, et la légende du Nord. Et accessoirement son mari. Pas parce qu'il se trouva lui-même, mais parce qu'il se trouva aux yeux du monde. Parce qu'il gagna son épithète homérique, la périphrase publicitaire qui allait désormais le désigner : « l'homme qui mangea ses bottes ». De ce jour, il fut *aux yeux des autres* un héros. Et c'est ainsi qu'il se fit un nom, une légende, qui allaient lui conférer la célébrité, une femme belle et riche (du moins c'est ce qu'affirmaient les gens, bien entendu), et autres avantages égotiques.

Un sursis leur fut offert le lendemain : Franklin remercia la Providence, qui leur fit abattre cinq petits cerfs. La première nourriture solide depuis huit jours : peau, chair, estomac, distribués de façon équitable par Hood, coupant, sectionnant, distribuant, au milieu des grognements hostiles des Voyageurs. Hood, qui se réserva la part la plus maigre, alors qu'il était le plus faible. Tous furent malades de leur festin.

Le 26, ils tombèrent sur la rivière Coppermine. Comme les Voyageurs n'avaient plus aucune confiance dans les officiers anglais, ils affirmèrent qu'il s'agissait de la rivière Hood ou de la Bethe-Tessy mais ni Franklin ni les autres n'en démordirent : Fort Enterprise se trouvait à 40 miles. Et parce qu'ils découvrirent une baie qui ne poussait qu'à l'ouest de la rivière Coppermine, ils se mirent à espérer.

À ce moment-là, ils auraient pu être sauvés. Tous seraient rentrés vivants à Fort Enterprise. Les cinq cerfs les avaient nourris plusieurs jours et ils avaient pris un jour de repos : même sans nourriture, ils pouvaient atteindre Fort Enterprise ; 40 miles pour de tels hommes, même affaiblis, sur une portion de territoire où la neige avait fondu, ce n'était rien. Mais pour être sauvés, il leur aurait fallu traverser la rivière. Et les porteurs, pour se décharger, avaient détruit les canots. Ils étaient devant l'eau et l'eau leur refusait le passage. Et donc la vie.

Le destin de Franklin, c'est de recommencer. Toujours reprendre, ravauder, s'accrocher, malgré les obstacles. La mission continue.

Ils cherchent du bois pendant plusieurs jours, retournant sur leurs pas vers des contrées moins nues. Puis ils reviennent à la rivière avec des fagots de bois dérisoires pour bâtir un radeau de fortune. Ils manquent d'être noyés. Les corps sont déchirés et fouettés par l'eau glacée. Mais ils passent la rivière.

Ils avaient perdu huit jours, ce qui, dans leur état de famine, était dramatique, d'autant que la neige était retombée entre-temps. Un Voyageur parti à la chasse n'était pas revenu. L'aspirant Back affirma qu'il avait armes et munitions, une couverture, et qu'il n'avait pas besoin de plus pour survivre à l'hiver. Il est évidemment plus probable que ces belles paroles, qui permettaient de ne pas l'attendre, furent l'oraison funèbre d'un corps gelé sous la neige.

Avec ces permanents revirements de la haine à l'amour qui scandent l'expédition, les Voyageurs serrèrent la main des officiers, pleins d'effusion. Ils se disaient certains d'arriver jusqu'à Fort Enterprise. Huit jours avant, cela aurait été sans doute vrai. Désormais, cela ne l'était plus.

Ils avancèrent comme ils le pouvaient. Le groupe s'échelonna le long de la piste, les plus forts à l'avant, avec l'aspirant Back, les plus faibles à l'arrière, et parmi eux le plus faible de tous, l'aspirant Hood, et quelques-uns au milieu sous la conduite de Franklin. Ils n'étaient plus qu'à quatre jours de marche de Fort Enterprise, qu'ils se représentaient comme le paradis. Là se trouvaient les provisions laissées en cache.

Le premier jour, trois Voyageurs, à la traîne, s'affaissèrent dans la neige, demeurèrent là et moururent, nimbés de froid. Personne ne voulut, personne ne put aller les chercher ni les ensevelir. Personne ne pouvait revenir en arrière, personne n'en avait la force.

Le soir, trois Britanniques, l'aspirant Hood et le Dr Richardson ainsi que le marin Hepburn, proposèrent de rester à l'arrière avec ceux qui n'étaient pas en état de suivre afin d'attendre les secours de Fort Enterprise. Ils entretiendraient le feu, ne quitteraient pas la tente et, en économisant ainsi leurs efforts, ils pourraient attendre le retour de Back ou de Franklin. Celui-ci détourna le regard. Il savait que Hood, trop affaibli, refusait seulement d'être un fardeau pour l'expédition.

— Et si nous ne revenons pas ? Si nous sommes trop faibles pour revenir ? dit-il.

— Vous reviendrez, John. Je le sais.

Son regard avait la fixité un peu tremblante des fous et des croyants.

— Je reviendrai.

Le groupe de Franklin, toujours plus restreint, repartit au matin. Au bout de quelques centaines de mètres, les vertiges saisirent un Voyageur d'origine italienne. Parfois Jane se souvenait de son nom. Parfois pas. Ce n'était pas cette dilution des autres, c'était simplement que son destin était trop affreux. Parce que lorsqu'elle voulait vraiment se souvenir de son nom, elle y parvenait : Fontano.

Au matin, sentant sa faiblesse, Fontano avait discuté une dernière fois avec Franklin, ses yeux noirs battant des paupières, il parla de son père italien, de la possibilité de revenir avec les Anglais jusqu'en Europe pour retrouver sa maison. Puis il était parti avec les autres. Il s'était arrêté, il avait repris un peu de force, il avait marché de nouveau. Puis il avait demandé à s'arrêter. Après dix minutes de pause, il avait essayé de nouveau puis il avait déclaré qu'il n'en pouvait plus. On l'avait laissé revenir en arrière : il n'y avait que quelques centaines de mètres à faire pour retrouver le campement des trois Britanniques. On sentait encore la fumée du feu. Environ un mile plus loin, Michel l'Iroquois avait décidé lui aussi de rebrousser chemin pour rejoindre Fontano et le groupe de Hood. Cela surprit Franklin. Comment l'Iroquois pouvait-il se sentir diminué ? c'était le plus vigoureux de tous. Mais que faire d'autre que le laisser partir ?

Les événements qui se déroulèrent alors ont le mystère des grands crimes. Car Michel l'Iroquois rejoignit Fontano, qui s'était assis dans la neige, l'égorgea puis, découpant son corps, le mangea. Ensuite, il emporta les restes sanglants et gagna le camp des Britanniques. Ceux-ci attendaient en paix : ils entretenaient le feu et demeuraient sous la tente. La tripe de roche les nourrissait, il y avait des infusions de plantes pour les réchauffer. Ils avaient conservé deux ou trois livres religieux qu'ils se lisaient à haute voix en réfléchissant, raconterait plus tard Richardson (Jane se souvenait combien ces propos lui avaient paru… déplacés, voire inconvenants), sur l'omniprésence d'un Dieu bienveillant, même dans ces contrées sauvages. Si surprenant que cela puisse paraître, ils n'éprouvaient aucune peur et ils étaient heureux.

Michel expliqua être parti chasser un cerf qui était passé près du bois au matin et, bien qu'il n'ait pas réussi à le tuer, il était tombé sur une carcasse de loup éventrée. Il produisit la chair rouge, déjà un peu gelée.

— Vous avez vraiment trouvé un loup, Michel ? demanda Hood en français tout en fixant la viande avec tristesse.

Michel l'Iroquois soutint son regard.

Les hommes firent cuire la viande au feu, sans plus

poser de questions, parce qu'une fois encore il s'agissait de survivre.

Le 13 octobre, une tempête les retint près du feu toute la journée. Le 14, Michel annonça vouloir chasser, puis il revint peu de temps après, les mains vides. Sa nervosité était palpable, désormais il parlait de rejoindre Franklin au fort, regrettant de ne pas connaître le chemin. Le 15, il demeura des heures immobile. Hepburn et Richardson s'épuisèrent à chasser des perdrix. Ils se mirent à l'affût, mais lorsqu'ils voulurent avancer vers les oiseaux, leur faiblesse était telle qu'ils furent comme de gros pachydermes écrasant la neige. Les oiseaux voletèrent vers un bosquet de saules et lorsque les pachydermes, avec leurs visages avides, leurs mains tendues, retentèrent, avec un désir qui tenait de la haine, de les attraper, elles s'égaillèrent un peu plus loin. Les deux hommes réessayèrent mais c'était inutile, ils étaient trop lents. C'était à en pleurer. Le 16, Michel refusa de couper du bois ou de chasser. Il parlait avec hargne, menaçait de les abandonner pour rejoindre Franklin. Hood et Richardson lui promirent de le laisser partir avec Hepburn et un compas à condition qu'il chasse pour eux pendant quatre jours.

Le bonheur paradoxal du premier jour d'attente s'était évanoui. Était-ce l'épuisement, étaient-ce les fureurs de Michel ? Les trois hommes ne supportaient plus les « horreurs » autour d'eux, écrit Richardson dans son journal de bord. Ce paysage de neige, cette nature absolue, qu'en d'autres temps ils avaient admirée, ils n'en considéraient plus que la nudité implacable, cette forme d'absence qu'est la nature extrême. Il est aussi possible que l'âme de Michel se soit greffée à la leur et que sa colère, ce furieux désespoir, ait modelé leurs esprits à l'horreur. Le 19, dans un grognement hargneux qui était celui d'un animal, Michel hurla en réponse aux admonestations : « Cela ne sert à rien de chasser, il n'y a pas d'animaux, vous feriez mieux de me tuer et de me manger. » Car le réel chancelait.

Le dimanche 20 octobre – la date est écrite en entier dans son journal –, alors que Richardson était parti rassembler de la tripe de roche, et que Hepburn coupait du bois à proximité de la tente, ils entendirent un coup de feu. Hepburn cria le nom de Richardson. Celui-ci arriva aussi vite qu'il le put : Hood était étendu près du feu, le front troué d'une balle. Michel expliqua qu'il se trouvait dans la tente au moment où le coup avait été tiré, que ce soit un accident ou un suicide. Mais la blessure montrait qu'il s'agissait d'un tir à bout portant, juste derrière le crâne.

L'Iroquois avait commencé à tuer les Britanniques. Il les tuerait et les mangerait.

Personne ne dormit cette nuit-là. Michel ne parlait pas anglais, mais si les deux autres avaient parlé de lui, il l'aurait deviné. Chacun était sur ses gardes. Le lendemain, ils partirent vers le fort. Ils avaient tous un pistolet chargé. Michel murmurait des menaces en français, demandait qu'on se dirige plutôt vers le sud, là où le gibier, disait-il, abondait, puis il se répandait en imprécations délirantes contre les Blancs, qui avaient tué et dévoré trois membres de sa famille. Les deux Anglais, muets, attendaient l'attaque. L'Iroquois était d'une force très largement supérieure aux deux hommes réunis et beaucoup mieux armé, avec deux pistolets, une baïonnette et un long couteau.

À un moment, il proposa d'aller chercher de la tripe de roche pendant que les deux autres continueraient leur chemin. Il les rattraperait bientôt. Les Anglais s'éloignèrent. Lorsque Michel les rejoignit, de ses grandes enjambées effrayantes nourries de viande sanglante, les mains vides de toute herbe mais ses pistolets chargés, Richardson se retourna et lui déchargea son arme dans la tête.

5

Franklin, pendant ce temps, était arrivé avec plusieurs hommes à Fort Enterprise. Ils s'attendaient à trouver Back et les autres, ainsi que les provisions qu'ils avaient laissées.

Le fort était vide et désolé. Aucune provision à l'intérieur. Personne. Ni Back ni ses hommes. Rien ni personne. Leurs espoirs et leurs forces étaient arc-boutés à ce fort et ils n'y trouvèrent rien, absolument rien. Le vent et la neige pénétraient à travers l'ouverture des fenêtres. Il y faisait aussi glacial qu'au-dehors. Les hommes se mirent à pleurer.

Recommencer.

Une note de Back expliquait qu'ils étaient passés deux jours plus tôt et qu'ils étaient partis en quête de cette tribu d'Indiens qui vivaient à proximité pour leur demander de la nourriture et de l'aide. S'ils ne tombaient pas sur eux, écrivait-il, « Que Dieu vienne à notre secours ! ».

Les survivants rassemblèrent des peaux de renne parcheminées qu'ils avaient jetées pendant leur hiver à Fort

Enterprise. Ils les mangèrent. Ils ratissèrent le sol des restes d'os. Ils les mangèrent avec de la tripe de roche.

Le lendemain matin, Franklin, les jambes enflées, pouvait à peine se lever. Il fut incapable de chercher de la tripe de roche. Un jour de plus et tous restaient au lit, ne pouvant même pas accomplir les tâches nécessaires à leur survie, le bois pour le feu et la collecte des os et de la tripe de roche. Les forces de chacun déclinaient de jour en jour. Ils étaient en train de mourir et ils le savaient.

Un troupeau de rennes apparut sur la rivière. De la porte ouverte, ils se relevèrent pour les contempler, dans leurs fourrures blanc et brun, les bois baissés puis redressés. C'était la viande et la vie. Ils se tenaient là, hagards, désir et faiblesse conjugués, incapables de descendre jusqu'à la rivière pour tuer les bêtes, trop faibles même pour tenir un fusil.

Le 29, la porte s'ouvrit : le Dr Richardson et Hepburn entrèrent. Ils étaient seuls. Ils étaient pleins de silence.

Fontano ?

Mort.

— Et Hood ? demanda Franklin d'une voix sépulcrale – leurs voix étaient devenues rauques et creuses.

— M. Hood et Michel l'Iroquois sont morts.

Hepburn avait tué une perdrix. Richardson la pluma, la fit rôtir devant le feu quelques minutes puis la divisa en sept parts. C'était leur première parcelle de chair depuis trente et un jours. Puis ils prièrent en commun. Alors seulement Richardson raconta ce qui s'était passé.

À la fin du récit, Franklin eut le sentiment d'un désastre universel. Il songea soudain que tout était fini et que la mort du plus innocent d'eux tous, le jeune aspirant Hood, avec sa beauté et son naïf courage, achevait l'histoire de cette expédition. Il se sentit condamné.

D'ailleurs, si l'on exceptait le groupe de Back, qui avait sans doute glissé dans la mort froide et la neige, comme tous, il ne restait plus de cette expédition que les êtres squelettiques, déjà à moitié des fantômes, qui se terraient à Fort Enterprise : Franklin, Hepburn, Richardson, ainsi que trois Voyageurs.

Le 1er novembre, l'un de ces trois hommes se plaignit du froid. Il s'assit près du feu sur un tabouret puis glissa de son tabouret jusqu'à son lit, où il resta allongé deux heures sans mouvement. On pensa qu'il dormait. Puis on entendit un bruit étrange, comme un cliquetis, dans sa gorge. Le Dr Richardson l'examina. Il mourut dans la nuit.

L'un des Voyageurs aimait ce mort comme un frère. Contemplant le corps de son ami d'un air désespéré, il se couvrit de couvertures qui ne le réchauffèrent pas. Il mourut lui aussi avant l'aube. Personne n'avait la force d'enterrer les corps, qui furent seulement déplacés dans une autre pièce.

Tous allaient à leur fin. Chaque jour qui passait diminuait leurs forces. Richardson incisa la jambe enflée du dernier Voyageur et le flot d'eau qui s'en échappa soulagea celui-ci. Ils parlaient encore, n'éprouvaient aucun désespoir. Ils étaient sales, hideux, leurs corps et leurs visages déformés par les souffrances. Les propos devenaient incohérents et tous avaient l'impression que l'imbécillité les menaçait. Ils ne comprenaient plus rien, parlaient à tort et à travers. C'est qu'ils mouraient.

Le 7 novembre, Franklin sut que la mort approchait. Il l'attendait. Il avait peur.

Il avait tort. Le bruit qu'il entendait, ce n'était pas celui de la mort, mais trois Indiens envoyés par Back qui semblèrent aux survivants des géants d'une puissance surnaturelle, tant eux-mêmes, couchés à terre, étaient fragiles. Ils emportèrent les hommes blancs dans leurs bras comme de petits enfants.

6

Personne ne connaissait le lieutenant Franklin avant la Coppermine, personne n'en avait jamais entendu parler. Et lorsqu'il rentra à Londres, à peine plus de monde. L'expédition avait été un terrible échec, parmi les pires recensés dans les expéditions canadiennes. Qu'avait fait Franklin ? Il avait moissonné l'horreur, envoyé douze hommes à la mort pour accomplir une mission qu'il était incapable de réussir – ce qui fut souligné par tous les spécialistes du Nord –, faute d'expérience ! Et lui-même serait mort si Back, malgré la perte encore de deux hommes dans son groupe, figés par le froid comme des soldats d'infortune arrêtés par le sort, n'avait retrouvé plusieurs Indiens et ne les avait suppliés d'aller au secours des survivants. De plus, bien que Franklin ait exploré une bonne partie de la côte canadienne, il n'avait pas découvert le passage du Nord-Ouest. L'Amirauté se montra hostile à son égard. Les mœurs brutales, parfois inhumaines, qui distinguaient la marine britannique s'accompagnaient d'une même intransigeance envers les officiers fautifs. Il dut s'expliquer sur ses pertes.

Alors il s'enferma chez lui, dans son petit appartement étroit, et il rédigea un ouvrage sobrement intitulé *Narrative of a journey to the shores of the polar sea in the years 1819-1822*. Franklin n'aimait pas écrire. Il avait quitté l'école à douze ans. Pourtant, il griffonna ces petits signes noirs sur une page, une suite de pages qu'il trouva terriblement pénibles à écrire, si désagréables, une tâche qui le dégoûtait et qui pourtant se faisait devant ses yeux, en se fiant aux carnets qu'il avait rapportés, le sien, ceux de Hood, de Back et de Richardson, carnets qui étaient leurs yeux et leur mémoire, propriété inviolable de l'Amirauté, pour lesquels ils avaient même risqué leur vie dans un torrent afin de les retrouver alors que l'un d'eux était sur le point de disparaître. Pendant sept mois, Franklin était resté en convalescence à Fort Chipewyan, tâchant de recouvrer ses forces et d'oublier les horreurs, puis, de retour à Londres, il s'enferma pour retrouver ces mêmes horreurs. Mais il était beaucoup plus conscient des enjeux qu'on ne l'a dit par la suite : il était en train de sauver sa peau. Sans rhétorique, sans le moindre effet de manche, d'une façon laborieuse qui plaida pour lui, sans la moindre qualité stylistique ou narrative – tout cela aurait fait penser à un romancier –, il écrivit cinq cents pages de relevés de température, de quête de nourriture, de rencontres avec des Indiens affamés et malades, de démêlés avec d'étranges Voyageurs. Il s'agissait en réalité de gagner le procès de l'opinion. Il fut donc un marin honnête et compatissant, un simple marin sans grande culture et sans éducation, comme il le proclama lui-même au début du livre. Un fidèle serviteur de Sa Majesté, conscient de son devoir, et remerciant Dieu.

La publication du livre outrepassa ses espérances. Ce fut une explosion qui traversa la planète : le nom de John Franklin devint universellement célèbre parce que, ces cinq cents pages d'aventures, lui les avait vécues, éprouvées, et le monde lassé et désabusé, se relevant de la Révolution des Français et des conquêtes de Napoléon, ce monde qui n'avait plus rien à vivre d'autre que de petits calculs politiciens et des enrichissements personnels, les découvrit comme des épices d'un nouveau genre, d'une saveur brûlante et délicieuse. Toutes les sociétés gavées se repaissent d'aventures. Et lorsqu'il est question d'un vrai explorateur, par-delà le monde connu, lorsque cet explorateur est allé au-delà des limites humaines, peu importe qu'il ne sache pas écrire, parce que la vie parle pour lui, la vie même, élémentaire, forcenée dans son obstination à se prolonger. Il devint « l'homme qui mangea ses bottes » et ce nom emporta toute raison, toute lucidité. Franklin avait offert à ses contemporains ce que seule l'aventure, dans sa nudité, peut dévoiler : une expérience métaphysique.

Auréolé de son récit héroïque, le lieutenant parada dans Londres, invité et fêté. Cette soudaine célébrité fit de John Franklin un autre homme, avec l'exacte part de mensonge et de vérité que recèle ce changement de statut. Il devint un bon parti, puisqu'il était un héros. La femme qu'il épousa alors ne se nommait pas Jane Griffin mais Eleanor Porden. C'était une poétesse qui avait écrit des vers lyriques sur son expédition, rêvant sur les Indiens et l'exotisme, à une époque où rien ne fascinait plus que les mondes inconnus. Jane était en voyage. Elle échappa à la renommée de John Franklin.

Le jeune couple eut une enfant, nommée Eleanor, comme la mère.

Eleanor Porden connaissait bien Jane Griffin. En cette étroite société des élites londoniennes, les deux femmes étaient amies, c'est-à-dire que Jane méprisait légèrement ce bas-bleu qui écrivait des vers d'une main sèche et qu'Eleanor admirait l'énergie et l'audace de Jane tout en en étant agacée. À son retour, Jane fut invitée à une réception du couple. Voulant savoir qui était ce John Franklin, elle lut son récit.

Elle en fut sidérée. Elle arriva le cœur battant à la réception.

John Franklin préparait son départ pour une nouvelle expédition, trois ans après l'expédition Coppermine, là encore dans le nord du Canada, là encore pour repérer le passage du Nord-Ouest.

C'est à cette réception qu'il rencontra Jane Griffin. Il demanda beaucoup trop rapidement à la revoir, juste avant son départ, ce qu'elle accepta beaucoup trop rapidement. Puis il partit pour une expédition cette fois victorieuse, les Voyageurs remplacés par des marins britanniques, cartographiant 2 000 miles de côtes, circonscrivant davantage encore le passage du Nord-Ouest.

À son retour, sa femme Eleanor était morte de tuberculose. Un mois plus tard, malgré les chuchotements et les regards lourds de sens de la bonne société, il faisait sa demande en mariage au père de Jane. Une nouvelle existence commençait pour lui, avec des commandements, un titre de lord, de l'argent.

Le roi le nomma gouverneur de la terre de Van Diemen, qu'on appelle désormais la Tasmanie. Il créa avec

Jane des écoles, un musée d'Histoire naturelle, une société de philosophie. Même si le poste se révéla beaucoup plus périlleux que prévu, avec des campagnes de calomnies organisées par son ennemi local Montagu contre lui, c'était une fonction prestigieuse, des revenus importants.

Il ne restait plus que l'ultime frontière : le passage du Nord-Ouest. Malgré les années et les expéditions, personne ne l'avait encore découvert. Bien que la zone circonscrite ait été resserrée, aucun bateau n'avait pu effectuer la traversée pour déboucher victorieusement sur le Pacifique.

La vie de Franklin s'était jouée là, sur cette frontière qui toujours échappait à l'Angleterre. Le passage du Nord-Ouest était le fanion de son existence. Il avait par deux fois erré sur ses franges, par deux fois il avait connu ce mélange amer de défaite et de victoire. Il y était revenu, encore et encore, et personne ne pourrait lui interdire l'ultime traversée. Quelle plus belle fin de carrière ? Là même où sa vie d'explorateur, au nord de la Coppermine, avait pris un tour inouï.

À 59 ans, on lui confia le commandement des deux navires HMS *Erebus* et HMS *Terror*. Partout, on assurait qu'il n'y avait pas de commandant plus expérimenté et plus humain, que sa piété et son sens du devoir étaient sans pareils. Le président de la Société géographique royale écrivit : « Le seul nom de Franklin est une garantie nationale. » Et puis vint le jour du départ.

DEUXIÈME PARTIE

JANE FRANKLIN
ET LES VOYANTES

1

Le 19 mai 1845, une foule gigantesque se rassembla pour le départ des deux navires à Greenlithe. L'atmosphère était joyeuse et bon enfant. Cela dissimulait la fièvre et l'inquiétude de ceux qui s'en allaient, 135 hommes, et des 135 familles qui allaient les attendre. La femme de Franklin, Jane, plus inquiète qu'elle ne voulait le montrer, observa du quai les deux navires. Elle se rassura en égrenant les chiffres monstrueux des provisions embarquées, chiffres qu'elle avait tenu à connaître : 8 000 boîtes de conserve qui iraient s'entasser dans les cales, à côté des neuf tonnes de biscuits, des sept tonnes de bœuf, des 6 000 litres de soupe, des 20 000 litres de rhum (la foule avait applaudi lorsqu'elle avait vu les tonneaux) ou des deux tonnes de jus de citron ou de canneberge pour prévenir le scorbut, amoncellement extraordinaire de trois années de nourriture pour le seul *Erebus*, énorme étagement doublé par celui du *Terror*, un peu plus loin sur le quai, où l'on montait les derniers chargements de poudre pour les trois canons et les fusiliers.

Jane vit se détacher, sur le pont de l'*Erebus*, la silhouette de son mari, qui saluait la foule. Elle n'aimait pas le nom du navire : l'Érebe, c'était l'enfer, et la tradition affirmait que l'Arctique était un des lieux possibles de l'enfer. Elle contempla la bombarde aux trois mâts, avec un beaupré tendu vers l'avant. Une coque toute repeinte en noir, avec une seule ligne blanche, qui faisait une grande ombre froide sur le quai. Le navire lui sembla petit et massif, comme le *Terror*, ce qu'il était en effet, et c'est bien pour cela qu'on l'avait choisi pour ce voyage. Les deux bombardes, bâties à la suite des guerres napoléoniennes, avaient même été renforcées pour l'expédition du Nord-Ouest, de sorte qu'elles étaient encore plus lourdes et robustes, dotées d'une hélice de deux mètres propulsée par un moteur à vapeur, capable de faire progresser les bateaux dans les chenaux entre les plaques de banquise à la vitesse de trois ou quatre nœuds, et carénées d'acier pour briser les glaces. C'étaient des bateaux capables d'affronter les pires épreuves. C'est ce qu'on lui avait dit, répété. Mais Jane, sur le quai, ne voyait que cette ombre, ces filins et ces vergues et elle ressentit une certaine angoisse. Elle qui avait usé de tout son poids social pour que son mari obtienne ce commandement, alors que l'Amirauté, effrayée par l'âge de Franklin, lui préférait d'autres candidats (dont James Ross, qui avait eu le bon sens de refuser), voilà qu'elle était la première à s'inquiéter, comme la plus humble des 135 femmes de marin.

Puis Franklin célébra l'office religieux. Jane, Eleanor et Sophia, soit son épouse, sa fille d'un premier mariage et sa nièce, les trois femmes qui accompagnaient l'explorateur depuis si longtemps, montèrent à bord en compagnie d'Owen, la domestique de Franklin depuis toujours, une maîtresse femme grosse et large, au teint rouge, qui régentait la maison à la baguette. La voix grave de Franklin retentit. Il célébra la puissance de Dieu à l'orée d'un long voyage, et la foi des hommes qui s'abandonnaient à Lui. Il parlait avec conviction, avec autorité aussi, car Franklin était révéré dans ces moments religieux.

Un homme était arrivé sur le pont de l'*Erebus,* chargé d'une grosse boîte de bois clair. Avec son visage pénétré, son sérieux théâtral et ses favoris, il faisait penser à un comédien blanchi sous le harnais. Il s'inclina devant Jane, qui lui sourit. Toujours à l'affût des dernières découvertes, surtout lorsqu'elles venaient de France, Jane avait organisé une séance avec *l'artiste photographe,* comme il se qualifiait, Richard Beard.

L'artiste photographe fit un geste de la main qu'il estimait gracieux pour que Jane se place devant l'appareil. Jane refusa.

— Pas moi. Seulement les officiers de l'*Erebus.* Mon image n'a pas d'importance.

Elle refusait toute représentation. La seule qu'elle avait acceptée était un tableau d'elle à 24 ans, peint par Romilly, qui lui semblait une incarnation parfaite pour l'éternité, sensuelle et douce, un peu niaise (l'inverse de sa nature, ce qui lui convenait très bien). Aucune autre image ne ferait évoluer son portrait, et surtout pas une image vieillie.

Beard, surpris et vexé, se tourna vers Franklin, qui prit la pose.

— Restez bien immobile. Cela ne durera pas longtemps.

Au bout de cinq minutes, l'amiral s'impatienta. Beard fit une grimace.

— Un instant, sir John, juste un instant. Encore quinze minutes. Un instant saisi à jamais ! C'est merveilleux, merveilleux mais il faut un peu de patience. La plaque de cuivre, sir John, la plaque de cuivre !

Eleanor et Sophia, les bras chargés de livres, descendirent dans la cabine où se trouvait la bibliothèque. Elles ajoutèrent aux nombreux ouvrages en place beaucoup de récits de navigation, des livres religieux et techniques – c'était une des plus grosses bibliothèques qu'on ait vues sur un navire, 1 200 volumes pour chaque bateau –, plusieurs romans à succès du moment, comme *Les Papiers posthumes du Pickwick Club* et *Nicolas Nickleby* d'un jeune auteur nommé Dickins ou Dickens, que Sophia trouvait divertissant, et bien sûr de vraies grandes œuvres comme *Le Vicaire de Wakefield* du grand Oliver Goldsmith.

Quand elles remontèrent sur le pont, le capitaine de l'*Erebus*, James Fitzjames, avait pris la place de Franklin, enfin libéré.

— C'est une image invisible, capitaine. Totalement invisible.

Jane sursauta à ce terme.

— Le mercure fera ensuite surgir l'image et l'invisible deviendra visible, capitaine. C'est de la magie. Daguerre est un génie.

Jane regarda attentivement le photographe. Quelque chose en elle était happé par ce propos. Puis elle se concentra sur Fitzjames, qui lui sembla plus âgé que ses 32 ans, mais d'une aisance et d'un enjouement frappants. Il se murmurait que le secrétaire de l'Amirauté avait d'abord pensé à lui pour le commandement de l'expédition avant de reculer devant son inexpérience.

Les autres officiers de l'*Erebus* allaient et venaient sur le pont, donnant des ordres, vérifiant l'exécution des tâches, puis revenant pour s'étonner de la longueur de la pose.

— Cela va prendre la journée, dit un certain Harry Goodsir, aide-médecin et naturaliste, que Franklin trouvait beaucoup plus compétent que le Dr Stanley.

— Une journée pour un portrait qui durera l'éternité, quelle importance ? répondit Jane, s'attirant un regard moqueur du naturaliste.

Un petit singe sauta de l'épaule d'Owen, la domestique, sur celle de Franklin.

— Mon cadeau à l'*Erebus* ! fit Jane théâtralement.

— Un singe ? dit Franklin.

— Vous passerez des heures à le déguiser, John, ce sera magnifique. Avec le terre-neuve et le chat, l'*Erebus* aura sa petite ménagerie.

— Il faudra lui trouver un nom. Le terre-neuve s'appelle Neptune et le chat je ne sais pas trop.

— Les chats n'ont pas besoin de nom, quant au singe, vous pourrez le baptiser.

Franklin grimaça devant ce propos blasphématoire, mais comme il était habitué à l'ironie de sa femme, il ne répliqua pas. Le singe sauta à terre, les fixant intensément de ses yeux mordorés.

Le rude Crozier, capitaine du *Terror,* prit place devant l'appareil de Beard. C'était le seul officier du *Terror* à avoir son portrait. Jane le connaissait bien. Il commandait déjà le *Terror* lors de son exploration de l'Antarctique sous la direction de James Ross. Les deux hommes avaient passé un hiver à Hobart, sur la terre de Van Diemen, attendant le printemps pour reprendre leur exploration, quand Franklin était gouverneur. Sophia, la nièce de Franklin, remonta alors de la cabine. Son regard se fixa sur Crozier. Celui-ci se figea un peu plus. À Hobart, il avait fait une demande en mariage à Sophia, qui avait été rejetée. Sa veste d'officier boutonnée sur son corps épais, il n'enleva pas sa casquette. Comme toujours, il se refermait sur sa masse imposante et sombre dissimulant la fragilité de son âme.

Et puis tout le monde descendit. James Ross, qui venait d'arriver, prononça quelques mots secrets devant Franklin, puis les deux se serrèrent la main avec force. Les officiels, tout chamarrés d'importance, saluèrent.

Jane se retrouva devant son mari. Ils se contemplèrent sans mot dire. C'était un vieux couple intense et habitué, saisi par une séparation qui les désarçonnait.

— Je reviendrai, dit doucement Franklin.

Jane hocha la tête.

— J'aimerais que nous puissions vous voir dans une boule de cristal comme dans les contes de fées.

Cette phrase étrange, qui avait jailli à son insu, Jane devait se la répéter sans cesse pendant des années. Elle allait devenir le but et le secret de sa vie.

Elle tendit la main à son mari, qui la saisit avec avidité, et ils restèrent là, à se contempler. Puis, entourée de silence, Jane Franklin descendit à terre, le cœur vide. Elle allait faire de son mari l'explorateur le plus célèbre du monde – ce qui était la plus grande ambition de sa vie – tout en le perdant.

La foule l'accueillit. Les cris qui lui parvenaient l'entouraient d'une gangue réconfortante : ils acclamaient son mari, l'expédition, les marins et officiers, ils acclamaient le Royaume-Uni et le progrès, la maîtrise universelle des mers. C'était tout ce pour quoi ils se battaient depuis si longtemps, Franklin et elle.

À cet instant, une colombe d'une blancheur immaculée se posa sur le grand mât. L'oiseau, d'un calme absurde et décalé au-dessus de la foule, fit pivoter sa tête puis décida de s'installer. Les hurlements de la foule redoublèrent devant ce présage de bonheur.

L'amiral John Franklin agita un bras lent et cérémonieux, les applaudissements retentirent et on assista au départ des deux navires remorqués jusqu'à la sortie des eaux territoriales par deux bateaux à vapeur, le *Rattler* et le *Blazer* ; un bateau de ravitaillement, le *Barreto Junior*, chargé de bœufs et de provisions, les escorterait jusqu'au Groenland.

Une profonde traînée d'écume agita la Tamise, et le regard de Jane se perdit presque douloureusement dans ce remous blanc.

Elle rentra chez elle, s'enferma dans sa chambre, s'allongea sur son lit pendant deux heures sombres puis se ressaisit. Le soir même, elle allait s'amuser chez des amis.

Des nouvelles des équipages lui parvinrent les semaines suivantes.

À Stromness, dans l'archipel des Orcades, quelques habitants les virent négocier pour acheter des têtes de bétail puis appareiller le 3 juin. Les navires à vapeur les abandonnèrent un peu plus loin.

L'expédition croisa le brick d'un pêcheur, qui fut reçu à bord de l'*Erebus.*

À l'ouest du Groenland, près de la baie de Disko, par-delà le 66e parallèle, où le navire de ravitaillement devait transférer ses provisions, cinq Inuit en kayak les guidèrent dans un chenal. Au bout de neuf jours de travail, la cargaison du *Barreto Junior* passa sur les deux navires, jusque dans la cabine de Franklin qui accueillit dix caisses de pommes de terre. Le 12 juillet 1845, le bateau de ravitaillement leva l'ancre, après un ultime déjeuner avec le capitaine du *Barreto,* Griffiths. Celui-ci écrivit qu'il n'avait jamais vu « un tel rassemblement d'hommes inébranlables ».

Dans les jours qui suivirent, plusieurs baleiniers les croisèrent et parfois montèrent à leur bord. Le capitaine Dannett fut le dernier à parler à certains officiers et à leur commandant. Franklin l'invita à dîner sur l'*Erebus* mais Dannett déclina pour profiter du vent.

À partir de cette date, le 26 juillet 1845, Jane n'eut plus jamais de nouvelles de son mari.

Elle voyagea. En France, en Angleterre, aux États-Unis, malgré son aversion pour les Américains. Elle détestait attendre, comble de l'ironie pour une femme de marin. Elle avait toujours brisé les attentes, les patiences, tout ce fatras convenu. Lorsqu'elle était très jeune, elle avait attendu un homme, le seul homme qui l'ait rendue folle, l'austère Peter Roget, et celui-là elle l'avait attendu en vain : il lui avait préféré la taxinomie et la dépression. Mais c'était le seul. Après lui, elle s'était donné l'impatience comme ligne de vie.

Au bout d'un an, revenue à Londres, dans la grande

maison de Bedford Place, elle s'étonna de ne pas recevoir le moindre message. On lui avait dit de ne pas s'alarmer, le labyrinthe d'îles et de glaces au sein duquel progressait l'expédition étant vide de toute autre présence, même les baleiniers naviguant plus à l'est, vers Baffin. Et pourtant, peu à peu, l'inquiétude l'avait gagnée. Elle avait commencé à errer dans la maison.

Et puis, une nuit, le 11 juin 1847, deux ans après le départ de son mari, il y avait eu ce rêve, où John courait devant la nuit avant de s'écrouler.

2

Est-ce ce jour-là – ou plutôt cette nuit-là – que le monde commença à changer de forme ? C'est probable. Il suffit parfois d'une mauvaise nuit. D'un mauvais rêve. Jane Franklin occupait auparavant une place ferme dans un monde ferme. Elle était la femme d'un célèbre explorateur et elle-même possédait un nom, de l'argent, une belle maison. Elle s'était fait une place dans la société. La richesse de sa famille l'y avait aidée, le renom de son mari aussi, mais surtout elle s'était frayé un chemin. Elle avait de l'autorité, le sens de la décision et un mystérieux empire sur les hommes.

Et puis il y eut le rêve du 11 juin. Au matin, elle avait eu envie de pleurer. Ce n'était pas dans son tempérament. Le monde n'était pas fait pour qu'on y pleure. Lorsqu'on pleure, il commence à perdre sa fermeté. Il se brouille. Le monde commença à se brouiller après ce rêve sans nom, car enfin comment qualifier un… fantôme ? Elle ne croyait pas aux fantômes, personne n'a le droit d'y croire, mais quelle était donc cette forme bleutée et ce signe à elle adressé ?

Depuis cette nuit, une légère angoisse l'accompagnait. Au début, elle n'avait pas remarqué cette étrange déhiscence de son monde. Puis un jour, alors qu'elle était dans la rue, elle avait entendu hennir derrière elle. Elle s'était retournée et avait aperçu les dents jaunes d'un cheval bai, avec des yeux immenses, liquides et un peu fous. Le cheval se débattait avec son mors. Le fouet s'abattit sur lui, il eut un hennissement affreux, puis comme un soubresaut, et dans la violence de ce cri et de ce châtiment, Jane se sentit brutalement oppressée. Elle ouvrit la bouche pour respirer. L'angoisse l'avait cinglée. Le soir même, à Bedford Place, elle fit allumer toutes les lumières pour chasser l'obscurité. Au souper, elle contempla la flamme des deux bougies sur la table et elle eut envie de se perdre en elle. Elle ordonna à Owen d'en ajouter deux autres et, tandis que la domestique s'éloignait, elle regardait avec stupeur son pas massif, y cherchant la trace d'autres pas, d'autres images, découvrant dans ces habitudes une réassurance.

Depuis son enfance, Jane tenait un carnet. Elle y retraçait sa vie, jour après jour. Elle décrivit longuement cet épisode du cheval. La bête y occupa une place quasi mythologique. Ses yeux énormes étaient comme des phares d'un autre monde, inconnu et fantastique. En écrivant, Jane se sentait à la fois moins erratique et plus inquiète : tout se concentrait sur les petits signes. Puis, elle se mit à lire les jours qui précédaient l'épisode du cheval, puis tout le carnet. Elle resta interdite. La femme qui avait écrit avant la nuit du 11 juin n'était pas la même. Jane ne se reconnaissait pas.

Le lendemain, elle lut les carnets antérieurs. Elle s'en gorgea comme d'une présence rassurante. Elle aima ses aperçus audacieux, sa vie aventureuse, lorsqu'elle avait accompli son long voyage en Orient, voilà bien longtemps, juste après son mariage. Cet être ne pouvait voir des fantômes – ou s'il en avait vu, cela ne l'aurait pas troublé. Elle se retrouvait. Ce jour-là, elle renoua avec sa gaieté.

Cela ne dura qu'une journée. Lorsqu'elle s'éveilla le lendemain, elle se sentit de nouveau oppressée, sans pouvoir comprendre cette sensation qu'elle n'avait jamais éprouvée, qui était autre chose que de la tristesse : cette brèche dans le monde qu'avait créée la disparition de son mari. Celui-ci n'avait pas disparu en 1845, lors du départ du bateau, mais le 11 juin 1847, pour une raison inexplicable.

Elle harcela l'Amirauté : avait-on des nouvelles ? S'était-il passé quelque chose le 11 juin ? Elle obtint un rendez-vous avec le secrétaire de l'Amirauté, Barrow. Le vieil homme l'observa avec un large sourire qu'elle trouva faux. Il lui dit de ne pas s'inquiéter. John Franklin était revenu de bien plus grands périls. L'homme qui mangea ses bottes n'était pas de la même trempe que les autres hommes. Il n'y avait pas de bateaux plus solides et plus modernes que l'*Erebus* et le *Terror*, pas d'équipages plus sélectionnés. Fitzjames était un capitaine exceptionnel. Jane ne releva pas. Elle savait combien Barrow soutenait Fitzjames, qui avait sauvé son fils d'une mauvaise affaire de mœurs en Chine, un scandale : ces hommes qui aimaient les hommes, disait-on.

— Il faut envoyer des bateaux à sa recherche, répondit-elle, le regard fixe.

Barrow se mit à rire. L'idée lui paraissait saugrenue. Gêné par le regard de son interlocutrice, il détourna la conversation.

— Vous rendez-vous compte que toute la carrière de votre mari tient au refus que je lui ai fait autrefois ?

— Quel refus ?

— Le Congo. Votre mari avant ne jurait que par l'Afrique, à la fin des guerres napoléoniennes. Jeune lieutenant, il m'a écrit une lettre pour faire partie d'une expédition au Congo.

Jane resta silencieuse.

— Pendant que Tuckey mourait de malaria au Congo, poursuivit Barrow, lui était affecté à une mission arctique.

— En effet, c'est plus propre, on ne meurt que gelé, répondit Jane.

Après cette entrevue, elle s'enferma dans son bureau. Sur la table se trouvait le daguerréotype de l'expédition, celui qui avait été pris au moment de l'appareillage des bateaux.

Le lendemain du départ, elle était allée rendre visite à Beard, l'artiste photographe, pour le développement du daguerréotype. Elle voulait savoir et elle voulait voir.

Ce jour-là, avec son visage inspiré et théâtral, Beard ressemblait à un magicien de foire. Il avait saisi avec précaution la plaque de cuivre et d'argent. Il n'y avait rien. Même pas l'esquisse d'une courbe, l'amorce d'un visage. Rien. Mais c'était bien cette plaque qui avait enregistré *l'image invisible* des officiers, formule qui avait tant frappé

Jane. Et puis cette plaque, Beard l'avait placée au-dessus d'un récipient de mercure chauffé à 75 °C et les vapeurs de mercure avaient peu à peu révélé des volutes, puis des formes plus dessinées, et soudain Jane avait vu apparaître le *visible* : l'image grise et blanche, parfaitement reconnaissable, de son mari. Elle en avait été stupéfiée, assistant à la résurrection promise de l'instant, presque douloureusement choquée par cette image surgie des limbes, se précisant peu à peu, remontant des eaux troubles du passé pour incarner à jamais John Franklin. Elle était restée immobile devant la plaque fragile que Beard couvrait d'une plaque de verre, protégeant son mari des atteintes du temps, l'éternisant tel qu'en lui-même. Et lorsqu'elle avait salué Richard Beard, celui-ci ne lui semblait plus du tout ridicule et elle lui avait tendu la main avec respect : il était l'intercesseur de l'invisible.

Jane contempla le daguerréotype : John était épais, sanglé dans un uniforme qui étranglait son ventre lourd, les bajoues tombantes, les yeux cernés d'ombre, avec une sorte de moue maussade. Son bras droit était irradié d'une lumière qui l'effaçait déjà. La grippe qu'il avait contractée juste avant son départ pouvait expliquer en partie cette apparence lasse, mais Jane – était-ce l'influence de son rêve ? – ne put s'empêcher d'y déchiffrer non seulement l'âge avancé de son mari (59 ans), qui avait fait hésiter l'Amirauté et pour lequel Franklin avait dû se justifier, arguant qu'il n'avait justement pas 60 ans, mais aussi un mauvais présage. Tous les daguerréotypes gris et alumineux enveloppaient d'une lueur blafarde, spectrale les officiers, aucun n'échappait à ce signe funeste, et même les plus jeunes, qui souriaient, tout à leur ambition et leur force, n'avaient pas une apparence moins spectrale.

Jane soupira. Elle respira plus fort, tenta de chasser les obscurités.

Son regard se posa sur le daguerréotype. Elle songea à Beard. Tout à coup, elle saisit un billet pour lui demander un rendez-vous. Puis elle sonna Owen. Une heure plus tard, elle recevait un billet en retour pour le lendemain.

Elle se présenta à 10 heures à l'Institution royale polytechnique, à Cavendish Square. Le bâtiment avait été acheté quelques années plus tôt pour présenter au public les dernières inventions scientifiques. C'est sur le toit, dans une serre lumineuse nécessaire à son métier, que Richard Beard avait installé le premier studio photographique du monde. Long et mince, vêtu de noir – il parut à Jane plus sombre et inquiétant qu'autrefois –, il accueillit son *invitée* de son allure cérémonieuse, un foulard autour du cou pour poser à l'artiste, lui qui avait été autrefois grossiste en charbon. Il la fit asseoir et la séance s'éternisa. Jane ne disait rien, ne bougeait pas tandis qu'une paix surprenante l'envahissait. Tout lui paraissait si simple. Il faisait bon dans cette serre qui concentrait la lumière et la chaleur, dans une situation quasi absurde, sur un tabouret au-dessus des toits de Londres.

Ensuite elle attendit le développement. L'attente était désormais sa vie, se dit-elle calmement. Beard remonta à la serre, le visage agité d'un tic nerveux.

— Je ne comprends pas, dit-il.

Et il montra la plaque.

Le corps de Jane Franklin était brisé par une éclaboussure de lumière blanche, une sorte d'irradiation qui s'évasait à partir du buste et emportait progressivement la poitrine, la gorge et le visage, possédé par la blancheur. Il ne restait presque rien de Jane : les jambes et une partie du buste. Elle disparaissait.

3

La forme du monde continua à se modifier. Comme si, une fois enclenché, le processus ne pouvait s'arrêter.

Jane avait lu dans le journal un article relatant l'histoire de William Lomax. Cet employé de banque de Bolton avait perdu une liasse de billets de 650 livres. Il avait fait appel à une voyante de sa ville, Emma L., domestique d'un chirurgien, le Dr Haddock, adepte du mesmérisme. La voyante, après une série de passes du chirurgien, avait été plongée dans une transe et avait décrit la petite pièce de la banque où, au milieu d'un tas de papier, se trouvait la liasse de billets égarée. Lomax était allé à la banque et avait aussitôt découvert les billets.

Jane fit appeler William Coppin, un ingénieur et armateur irlandais. Bien que celui-ci ait été en partie ruiné par l'incendie du chantier naval qu'il possédait à Derry, il avait néanmoins proposé son aide à Jane pour retrouver les deux bateaux perdus. Il était de passage à Londres pour deux semaines. C'était un homme d'une quarantaine d'années, un peu dégarni et rougeaud, bâti en force et plein d'énergie. Jane retrouvait en lui ce qu'elle avait été autrefois, cette force un peu anarchique mais réconfortante. Un homme rempli d'être, si l'on peut dire, sans ces vides troublants par lesquels s'enfuyaient la raison et la confiance. Son parfait matérialisme semblait à Jane une assurance face aux désordres de la superstition.

— Jetez un œil à ceci, dit-elle sans préambule.

Elle tendit à Coppin l'article froissé et découpé.

— Passionnant, dit-il d'un air d'ennui après l'avoir lu. Et ?

Jane sembla gênée.

— William Lomax avait perdu une liasse de billets. La clairvoyante l'a retrouvée. Nous avons perdu un ami et deux équipages. Alors la clairvoyante peut éventuellement…

— La clairvoyante ?

— Oui. C'est comme ça qu'on les appelle, dit Jane, de plus en plus gênée. Ça vient du français.

— Vous voulez découvrir John à l'aide d'une voyante ?

— D'une clairvoyante. Oui. Enfin peut-être. Je veux dire… tant qu'on y est… enfin vous voyez.

Coppin sembla stupéfait.

Jane dormit mal cette nuit-là, comme la plupart des nuits depuis le rêve du 11 juin. Lorsqu'elle décida de se lever, elle était fatiguée et elle avait mal à la tête. Elle demanda d'un ton rogue à la cuisinière un café et une tartine, ton qu'elle regretta aussitôt et qu'elle tenta d'adoucir par un remerciement appuyé bien inutile : la cuisinière avait pris la saine habitude d'ignorer ses sautes d'humeur.

Revenue dans son bureau, elle décida de contacter le Dr Haddock. Elle soupira en écrivant ce nom ridicule. Elle fit une longue lettre, racontant avec son emphase habituelle – tout était toujours un peu *au-delà* chez elle – combien elle avait été impressionnée par le cas William Lomax. Dans l'inquiétude où elle se trouvait à propos de son mari, le célèbre amiral Franklin, dont le Dr Haddock n'était pas sans connaître, évidemment, l'expédition à la recherche du passage du Nord-Ouest, elle avait pensé que…

Jane fit une pause. Elle avait pensé quoi ? Qu'une domestique illettrée et stupide découvrirait par voyance le destin de son mari ? Mon Dieu !

Elle poursuivit néanmoins sa lettre. N'avait-elle pas dit à son mari : « J'aimerais que nous puissions vous voir dans une boule de cristal comme dans les contes de fées » ? Elle ne croyait pas aux voyantes, bien sûr, quel être sensé pourrait y croire, mais elle avait bien prononcé cette phrase et au fond elle n'aspirait à rien d'autre qu'à une boule de cristal que la raison lui refusait et que son imagination espérait.

Elle avait pensé, reprit-elle donc, qu'Emma pourrait l'aider à retrouver la trace de son mari disparu. Puis elle biffa *disparu.*

Le lendemain, avec une rapidité qui la laissa pensive, le Dr Haddock lui répondit une lettre empressée, flatteuse, suave, embaumée, affirmant qu'il ferait tout ce qui était en son pouvoir et que ce serait un honneur pour lui d'aider à la recherche du célèbre explorateur Franklin. Il aurait bien entendu voulu se déplacer lui-même avec Emma, mais celle-ci avait besoin de son cabinet familier, à Bolton, pour mieux exprimer son don de clairvoyance (de voyance, corrigea Jane *in petto*). Lady Franklin serait accueillie quand elle le voudrait, bien entendu à titre gracieux. La vulgarité de cette dernière remarque (ainsi que la répétition de la locution adverbiale) suscita un haut-le-corps scandalisé. Pour qui se prenait ce médecin de province ? Comment aurait-elle même envisagé de payer une *voyante* ?

Le Dr Haddock ajoutait qu'Emma aurait besoin d'un objet touché par le disparu ou, mieux encore, d'une boucle de cheveux pour établir un contact avec lui.

Jane écrivit une réponse d'une politesse froide pour expliquer qu'elle viendrait aussitôt que possible en compagnie de William Coppin, le *fameux* armateur, ne put-elle s'empêcher de préciser.

Un objet touché par le disparu ? C'était facile. Il suffisait d'emporter la dernière lettre qu'elle ait reçue de son mari, un peu avant que les deux navires à vapeur n'abandonnent les bateaux de l'expédition. C'était une très longue lettre de quatorze pages qui commençait par ces mots : « Mon cher amour ». À vrai dire, elle l'avait si souvent relue qu'elle la connaissait presque par cœur, de sorte qu'elle la contemplait davantage qu'elle ne la lisait, comme on regarde un tableau. Elle identifiait la grande écriture penchée de son mari, la coulée agrammaticale de ses mots liés les uns aux autres comme s'il refusait les vides et les blancs, ses immenses barres de *t* qui biffaient jusqu'au mot suivant. John, s'il parlait un peu de la vie à bord de l'*Erebus,* revenait surtout sur la Tasmanie et le traitement indigne qu'on lui avait fait subir, avec l'amertume des êtres maladroits dans leurs rapports avec les autres hommes.

Puis elle se mit à chercher une boucle de cheveux de son mari. Elle fouilla en vain tous les tiroirs. John n'était pas un enfant et on ne gardait plus ses boucles depuis longtemps ! D'autant qu'il était presque chauve. Jane songea qu'elle pourrait peut-être demander à la fille de John, Eleanor, ce qui lui déplut au plus haut point, car elle aimait peu sa belle-fille, qui n'avait jamais manifesté d'aménité à son égard.

Celle-ci habitait à deux rues. Sans hésiter, Jane se rendit chez elle. La jeune femme était dans le salon, un livre à la main, comme toujours. À l'arrivée de sa belle-mère, Eleanor se leva, un peu rouge, comme si l'entrée de Jane constituait une offense personnelle. Elle déposa son ouvrage sur la table, bien en évidence : Jane vit du coin de l'œil qu'il s'agissait d'un recueil de poèmes de sa mère, la poétesse Eleanor Porden, ce qu'elle trouva légèrement obscène. Tout ce qui touchait les deux Eleanor lui était désagréable. La poétesse avait été son amie autrefois, malgré sa raideur anguleuse et son intellectualisme, malgré le fait aussi que Jane n'avait jamais beaucoup apprécié ses poèmes. Elle avait épousé John Franklin, avant de tomber malade de la phtisie. Dans son état, la naissance de sa fille l'avait condamnée. Peu après, respectant à peine les délais d'usage, John Franklin avait demandé Jane en mariage. Bien entendu, Eleanor, qui avait endossé avec le nom la raideur et les principes de sa mère, notamment celui d'affronter tous ceux qui lui déplaisaient, avait toujours considéré sa belle-mère comme une usurpatrice. Elle était silencieuse et hostile, toujours blessée.

— Je cherche une boucle de cheveux de John.

— Et pourquoi ? répondit abruptement Eleanor.

— J'en avais une que j'ai perdue.

— Je n'en ai pas, dit Eleanor d'un ton qui signifiait qu'elle ne se donnerait même pas la peine d'y réfléchir.

— Il se trouve que j'en ai besoin.

— Et pourquoi ?

Ce fut au tour de Jane de rougir. Elle fut bien forcée d'en expliquer la raison.

Eleanor secoua la tête.

— Une voyante ?

— Oui, je sais, c'est absurde.

— Pas forcément.

Jane regarda sa belle-fille, étonnée.

— Non, ce n'est pas si absurde. On raconte beaucoup de choses sur les clairvoyantes. Pourquoi ne pas essayer ?

— William Coppin m'accompagnera.

— Coppin est un véritable ami de mon père, dit Eleanor.

La perfidie sous-jacente n'avait pas à être relevée. Juste la petite piqûre d'humiliation et de douleur habituelle avec sa belle-fille.

— Malheureusement, je suis certaine de ne pas avoir de boucles de cheveux lui appartenant, poursuivit Eleanor.

Elle réfléchit.

— Mais nous sommes du même sang, dit-elle en se redressant (et Jane comprit tout ce que cela signifiait à son égard). Je suppose qu'une boucle de mes cheveux ferait l'affaire.

Quelques jours plus tard, Jane était à Bolton, Coppin à ses côtés, occupant trop de place, et elle portait dans une petite sacoche la lettre de quatorze pages et une boucle de cheveux d'Eleanor.

Une très jeune femme, presque une jeune fille, ouvrit la porte du cabinet de Haddock. Jane salua en s'efforçant d'être aimable.

— Vous êtes Emma, je suppose, fit-elle en considérant le disgracieux visage de la domestique.

— Oui, madame, répondit celle-ci avec un accent aussi lourd que son visage.

Jane soupira. Le Dr Haddock arriva, la bouche rieuse fendue jusqu'aux favoris. Entièrement vêtu de noir, il avait l'air d'un joyeux croque-mort.

— Lady Franklin ! Quel honneur et quelle joie !

Coppin eut un sourire commercial. Le médecin les conduisit dans son cabinet, qui était assez cossu, signe que les visions payaient bien. Un petit homme en noir, sorte de modèle réduit de Haddock, était assis au bureau.

— Mon assistant, fit Haddock.

Jane demanda quelques explications. Haddock en fut ravi et prit un air inspiré.

— Vous n'ignorez pas que notre planète est traversée par un fluide animal, une énergie qui la parcourt et qui a autant d'influence sur nous, peut-être même davantage, que la gravitation de Newton.

— Je l'ignorais, fit Jane d'un ton sardonique, n'étant pas disciple de Mesmer.

Elle se détestait d'avoir cédé aux faiblesses de la superstition.

— Nous ne sommes pas français, dit Coppin, les modes médicales ne nous touchent pas.

— Le Dr Mesmer, dit Haddock, n'a pas exercé son

influence seulement en France et en Autriche. La notoriété de ses découvertes s'est étendue par-delà les frontières, et dans notre pays même John Elliotson a répandu avec succès sa pratique.

« Cet homme flotte », se dit Jane.

— Quoi qu'il en soit, il est tout à fait avéré, malgré les critiques qui accompagnent toujours les plus grandes découvertes, que le fluide baigne tous les êtres et peut donc les faire correspondre entre eux. Emma est particulièrement sensible à cette correspondance. À condition d'être placée dans un état idoine que nous appelons transe, et cela grâce à quelques passes magnétiques pratiquées par votre serviteur, elle est capable de traverser l'espace pour entrer en correspondance avec les êtres les plus éloignés mais aussi avec les choses, comme l'a montré la *fameuse* affaire Lomax.

L'adjectif fut déployé avec amour dans sa bouche, le tout en regardant lady Franklin.

— Voyons de quoi Emma est capable, dit Jane du ton le moins agressif qu'elle put.

Le Dr Haddock installa Emma sur un grand siège. Jane lui tendit la lettre et la boucle de cheveux, que la jeune femme saisit avec un peu de répugnance. Puis elle contempla la lettre, dont elle parcourut chaque page du regard. Devant la réticence de Jane, elle précisa :

— Je ne sais pas lire.

Le Dr Haddock accomplit quelques passes, les mains écartées, à une dizaine de centimètres du corps de la jeune femme. Puis celle-ci se mit à parler. Sa voix se fit plus aiguë et sur son grand siège elle eut soudain l'air d'une enfant. Haddock posa les questions. Elle répondit, avec des éclats de voix, dans un anglais souvent très familier, parfois incohérent. Jane comprit alors la fonction de l'assistant : Emma s'exprimait avec une telle rapidité que l'homme en noir était chargé de prendre des notes.

— Que voyez-vous ? demanda Haddock.

L'étrange chose qu'était devenue Emma L. évoqua des hommes morts sous la neige.

— John Franklin est encore vivant, ainsi que trois ou quatre de ses compagnons. Ils portent des habits de fourrure et beaucoup d'hommes sont morts.

Elle ajouta qu'elle voyait deux bateaux, l'un sous les eaux, les mâts pointant vers la surface, l'autre abandonné ou échoué sur le rivage.

Puis, se répétant tout en modifiant certains détails, elle parla d'un homme chauve qui conduisait les autres, en bonne santé, même si ses joues avaient fondu. Alors qu'elle avait vu trois ou quatre survivants, elle en voyait désormais davantage. L'homme qui conduisait les autres avait le sentiment de pouvoir retourner en Angleterre dans neuf mois et demi. Autour d'eux, il y avait de la glace, des animaux extraordinaires et aussi des choses bizarres, dont elle ne précisa pas la nature.

Jane se dit soudain que la jeune femme racontait une histoire, comme un romancier, mais elle se dit aussi qu'elle croyait en cette histoire. D'un geste de la main, et avec un frisson sur le visage, Emma fit comme si elle buvait un liquide, sans doute de l'huile de poisson, qui sembla provoquer en elle une forte nausée.

Coppin fit passer un papier à Haddock : « Quelle heure est-il là-bas ? » Jane et le chirurgien, interloqués, le regardèrent. Coppin fit un geste insistant, de sorte que la question fut posée. Il avait regardé sa montre : il était 11 h 30.

— 6 h 30, répondit Emma

Et elle ajouta que la montre de Franklin était celle qui indiquait le mieux l'heure.

Coppin réfléchit. La différence d'horaire indiquait une longitude de 80 à 85 degrés. On apporta une carte de l'Arctique, trop petite, mais Haddock ne possédait que la *Penny Cyclopaedia.* On la plaça au-dessus de la tête d'Emma, en lui demandant de localiser la position de Franklin. À la surprise générale, Emma désigna du doigt la côte nord-ouest de la baie d'Hudson.

Haddock arrêta la séance. Emma semblait épuisée par l'effort. Elle avait parlé avec Franklin et c'est de cette conversation qu'elle tirait les informations, dit-elle.

Dans la calèche qui les ramenait au train, Jane dit à Coppin :

— Cette fille est totalement malade.

Elle se mentait à elle-même. Cette séance l'avait fortement ébranlée et Coppin tout autant. Avec l'accord de Jane, l'armateur, qui était d'avis qu'un peu d'émotion populaire ne nuirait pas à leurs affaires, relata la séance dans tous ses détails et en envoya le compte rendu au *Manchester Guardian,* avec sa carte de visite, tout en précisant qu'il refusait que son nom soit cité dans l'article. Dans les jours qui suivirent, tous les journaux, nationaux et locaux, le reprirent, avec un écho indescriptible.

4

Jane dans son bain. Des volutes de vapeur, la chaleur de l'eau. Tout se dissout, s'évade. Elle contemple sa main sur le bord de la baignoire. Les veines plus apparentes. Les taches. Cette peau… Une peau que, depuis quelques années, elle ne reconnaît plus.

Sur le sol, trois lettres déchirées qui lui annoncent des miracles. Depuis l'article du *Manchester Guardian* qui reprenait le récit de Coppin et les révélations d'Emma L., tous les charlatans d'Angleterre, quelques-uns de France, de Russie et des États-Unis, lui proposaient leurs services. Tous voyants, clairvoyants, médiums et autres visionnaires agités. Le fluide, l'énergie, la vision, par-delà terre et mer, par-delà le temps et l'espace.

Coppin était retourné voir Emma L., cette fois accompagné de la nièce de Franklin, Sophia Cracroft, et écrivait fidèlement le compte rendu des séances. Jane avait refusé de s'y rendre, refusé d'assister à ces infâmes séances d'espoir et de déception et d'illusion et de sentiments mêlés qui la faisaient se réduire sur son siège, redevenir enfant devant cette oie stupide d'Emma L., enfant parce qu'elle se trouvait comme devant une lanterne magique projetant des images, enfant parce qu'elle était soumise à ce qu'on lui proposait, à ces brandons d'espoir qui s'éteignaient ensuite.

Mais elle n'avait pu s'empêcher de lire avidement, trop avidement, les comptes rendus, avec ce même mélange d'exaspération et d'espoir, au point qu'elle avait pleuré, elle, lady Franklin, comme la plus simple ouvrière devant une bohémienne du marché. C'étaient de nouveau des visions mais aussi une rencontre (!) avec Franklin, dans le froid de l'Arctique, qui avait confirmé (*sic*) que le commandant espérait bien revenir dans les neuf mois à Londres.

La vapeur embue la grande glace. Là aussi se dissolvent les formes. Les reflets disparaissent, engloutis dans les mollesses brumeuses. Jane plonge la tête dans l'eau trop chaude. Sensation de chaleur et d'étouffement.

Jane débarque dans la chaleur poudrée de Malte, où John a pris un commandement, avec un lit de fonte à quatre colonnes, un serviteur, Messeri, et Owen, ainsi que son propre père. La peste contraint les voyageurs à la quarantaine. Jane est emmenée sur une barque jusqu'à la frégate *Rainbow*. Elle se lève, un drapeau jaune à la main, pour s'adresser à son mari, courbé au-dessus du bastingage.

— John !

— Uhh ?

Elle hurle.

— JOHN !

— Jane.

— Comment vas-tu ?

— Hein ?

Son mari est au moins à dix mètres de distance, à moitié sourd depuis la bataille de Trafalgar. Les deux soldats, dans la barque, regardent ailleurs.

— J'ai envie de te prendre dans mes bras, hurle-t-elle, les mains en porte-voix.

Franklin a un haut-le-corps et tourne la tête de droite à gauche pour vérifier que personne n'a entendu. Ses hommes font semblant de se consacrer à leurs tâches.

— Euh… oui, bien sûr. La quarantaine est bien entendu très stricte.

— Ne peux-tu pas t'approcher ? hurle-t-elle encore.

— Comment ?

Elle est sûre qu'il a bien entendu. Les deux soldats à côté d'elle secouent la tête comme des marionnettes de guignol.

Il fait très chaud, le soleil est aveuglant. Une main en visière, Jane considère son mari, découragée.

— Quand pourrai-je te voir ?

— Écris-moi, Jane, écris-moi. Je prie pour que nous soyons bientôt réunis.

Les miroitements du soleil lui font mal aux yeux.

— Je reviendrai demain, John. Je hurlerai de nouveau, dit-elle en souriant pauvrement.

La barque revient vers le port.

La tête émerge de l'eau du bain. *Je reviendrai demain, John.* Jane sort de la baignoire. Elle ouvre la fenêtre de la salle, s'essuie devant l'air frais qui s'engouffre et chasse vapeur, fantômes, souvenirs. Sa chair et son esprit se raffermissent à cette fraîcheur, le monde se reconstitue, retrouve une forme fixe.

5

D'étranges manies lui étaient venues. Par exemple, elle relisait sans fin le rôle des deux équipages, apprenant les noms et les fonctions des 135 hommes. Il y avait dans cette liste, d'une sécheresse absolue, une fascination. En haut trônait l'indication :

Liste des Officiers, Marins et Fusiliers des Navires d'Exploration de Sa Majesté Erebus *et* Terror *qui quittèrent l'Angleterre en mai 1845 pour l'Expédition sous le commandement de Sir John Franklin.*

Sur deux colonnes parallèles, une pour l'*Erebus,* l'autre pour le *Terror,* et par strict ordre hiérarchique, du commandant au mousse, s'allongeaient les listes, précisant les prénoms, noms, rangs et âges de ces hommes. Jane avait fini par les connaître par cœur. Les 135. En réalité, avait-elle appris, les disparus étaient au nombre de 129, certains ayant quitté l'expédition. C'était le cas d'un certain Joseph Lloyd, qui avait renoncé au voyage dix jours avant le départ, d'un matelot du *Terror* aussi, débarqué après quelques heures, parce qu'on le soupçonnait d'être atteint de tuberculose. Enfin, quatre marins avaient été renvoyés avec le *Barreto Junior*, deux parce qu'ils étaient malades, les autres parce qu'ils étaient inaptes, disait-on.

Une obsession pour tous ces inconnus s'était développée en elle. Elle se demandait qui ils étaient, pourquoi ils s'étaient embarqués pour une destination aussi lointaine et périlleuse. Elle comprenait le prestige attendu pour le commandant, la marche supplémentaire dans sa carrière pour Fitzjames, le vide existentiel de Crozier, miné par la mélancolie, ce qui était de notoriété publique, mais les matelots ? Elle demandait, se renseignait. Pour l'aventure sans doute, lui répondait-on, pour le prestige aussi, comme Franklin, chacun à son niveau, parce qu'une expédition aussi fameuse ne recrutait que les meilleurs, au point qu'aucun simple matelot ne figurait sur les registres de l'équipage, le grade le plus bas étant celui de gabier breveté. Pour l'argent enfin, les expéditions arctiques, compte tenu du danger, étant payées deux fois le salaire ordinaire, versé en Angleterre, chaque mois, tout le temps du voyage, ce qui nourrissait les familles. Beaucoup de ces marins venaient de contrées misérables.

Aucune de ces explications ne la convainquait vraiment. Les mots avaient tendance à glisser sur elle. Ce qu'elle aimait, c'étaient les noms. Le mystère de ces noms. Les rares indications qui lui parvenaient parfois. James Reid et Thomas Blanky, les pilotes des glaces. Blanky avait tenu un pub autrefois et Reid, représenté par le daguerréotype officiel avec une longue-vue à la main, gras, l'air âgé – le rôle, par exception, n'indique rien – et bonhomme, était autrefois harponneur sur un baleinier et avait refusé d'embarquer pour un trajet sûr vers le Québec afin d'être choisi pour l'expédition du Nord-Ouest. Le coq Richard Wall. Cornelius Hickey, au visage marqué par la petite vérole. James Hart, le chef de chauffe aidé d'un certain John Torrington. Les frères Hartnell, 25 et 23 ans. Parce qu'ils étaient frères. Cela marquait Jane. Elle songeait à leur mère. Edmund Hoar, le steward de Franklin. Elle se souvenait que son mari lui en avait parlé, décrivant une ancre tatouée sur le bras. Le médecin, Stephen Stanley. Elle connaissait un peu plus de lui, comme si chaque bribe d'ascension sociale remuait un peu plus de mémoire. Date de naissance : inconnue. Lieu de naissance : inconnu. Mais le daguerréotype montrait un homme à l'air satisfait, le col relevé, les épais cheveux plaqués sur le crâne. Il était médecin à bord du vaisseau de Fitzjames pendant la guerre de l'Opium et c'est lui qui l'aurait opéré d'une balle dans le bras, ce qui expliquait sa présence à bord de l'*Erebus*, malgré une réputation assez médiocre. Jane avait appris qu'il s'était marié en mai, juste avant le départ.

Revêtir les noms d'un peu de chair.

Dans son enfance, durant les guerres napoléoniennes, elle regardait dans la presse les noms des morts, après les batailles, avec la vague conscience enfantine du désastre. Elle ne comprenait rien et comprenait tout. Sa bouche s'ouvrait devant les noms. Sans même avoir envie de pleurer, comme écrasée par l'ampleur de ce qu'elle percevait. La liste des destins.

Et pourtant, pour l'*Erebus* et le *Terror*, rien n'était joué, elle le savait, elle le sentait. Les choses avaient beau se défaire autour d'elle, il lui restait assez de force pour orienter le destin. C'était un combat bizarre entre découragement, angoisse, insomnies d'une part et l'énergie fondamentale de son espoir d'autre part.

Agir. Décider l'Amirauté, monter des campagnes de presse, armer des navires. Il fallait que James Ross soit entendu, financé, qu'il puisse aller chercher John. Ross n'échouait jamais. Depuis que Jane le connaissait, il avait toujours été ce demi-dieu auréolé de sa beauté et de sa réussite.

Durant une journée entière, elle écrivit au tsar. La tâche n'était pas si simple, car si Jane parlait un très bon français, son écrit était moins solide et on ne fait pas de fautes d'orthographe en s'adressant à Nicolas Ier. Durant son voyage en Russie avec John (ils avaient pensé s'y marier avant de renoncer à l'idée), elle avait trouvé le français des Russes vraiment excellent. Elle commença par rappeler le destin de son mari, le merveilleux dîner qu'elle avait eu autrefois avec la mère de Son Altesse – utilisait-on Son Altesse pour s'adresser au tsar ? – à Saint-Pétersbourg, et l'intérêt que celle-ci avait bien voulu manifester pour John Franklin et son expédition de la Coppermine. Et puis elle rappela la proximité de la Russie et de l'Arctique, les navires qu'il serait possible d'envoyer vers le pôle. La grandeur, la bonté… tous les mots qu'il fallait… tous les mots.

À un moment, elle avait traversé les appartements pour se rendre dans la bibliothèque afin de chercher un dictionnaire de français. Elle songea qu'il n'était pas bon d'attendre dans la maison qu'on partageait autrefois avec son mari, de traverser un salon orné d'un portrait en pied de lord Franklin, de passer devant ce canapé où il s'était si souvent endormi pour la sieste – car le lord, l'explorateur, le héros est aussi un homme âgé – et de penser chaque fois, oui chaque fois, à cet impair qu'elle avait commis la veille de son départ. Il était grippé, elle avait voulu le couvrir et elle n'avait rien trouvé de mieux que le drapeau britannique brodé par Eleanor, pas la fille mais la mère, la première femme de Franklin. Et John s'était réveillé en sursaut, effaré.

— L'Union Jack est pour les morts, Jane. Pour les morts.

Si facile présage et si facile remords à présent qu'on l'attend, à présent que tout se transforme en remords. Ce qu'on aurait dû faire, dire, prouver, embrasser, tout ce qu'on veut sauf l'absence.

Absurdement, Jane songea à la colombe qui s'était perchée sur le mât au départ des deux navires, à Woolwich. Tous l'avaient vue. L'oiseau était resté longtemps, tout le monde l'avait compris comme un heureux présage. Quand les gens partent, il n'y a plus que des signes, favorables ou non. L'oiseau blanc, immobile, si haut dans les vergues, contre le bleu du ciel, comme une éclaboussure blanche sur la toile peinte, avec sa tête qui pivotait.

« Les absences sont une présence hantée », avait écrit Jane dans son journal. Les pièces neutres d'autrefois, de la vie normale, devenaient, comment dire, *coupantes*, oui coupantes parce qu'elle traversait des pièces, surtout celles du haut, la chambre, la garde-robe, le bureau, qui lui arrachaient des souvenirs, pas de nostalgie non, aucune douceur en cela, juste de petites parcelles du passé, entre passé et présent, qu'on lui arrachait, avec des douleurs microscopiques et répétées, des fourmis lui arrachant de petits lambeaux de peau – un souvenir inquiet, toujours chargé d'un peu d'angoisse, dans une lumière bleue peut-être si l'on considérait que cette lumière, face à la plénitude solaire d'un souvenir heureux et confiant, reflétait l'inquiétude, une sorte de poids derrière la tête qui disait toujours : ça ne va pas, ce n'est pas normal, ne pense pas ça, ne pense pas que cela peut bien se passer, les choses ne vont pas bien, il ne reviendra pas, nous sommes depuis trop longtemps sans nouvelles, depuis trop longtemps, bien trop longtemps, si tu penses bien, c'est que tu penses mal, évidemment qu'il a disparu, disparu, disparu. Tu regardes dans la boule cristalline des contes de fées et les ignares et les charlatans t'affirment qu'il est vivant mais comment des ignares et des charlatans mesmériques pourraient-ils te dire la vérité ? Ils se font de la publicité sur ton dos. Ils profitent de l'arête coupante des souvenirs, de la puissance du passé, de tous ces trucs qu'on imagine toujours lorsqu'un être aimé disparaît et qu'on aimerait retenir le temps, le tirer à soi comme un drap qu'on ramène jusqu'à sa tête pour se protéger de la nuit et s'enfouir dans une autre nuit.

6

Alors que Jane relisait sa lettre, Owen entra dans la bibliothèque pour annoncer la visite de Sophia, la nièce de Franklin et la personne que Jane aimait le plus au monde. Elle la considérait comme sa propre fille, même si elle ne savait pas ce que signifiait avoir une fille.

Sophia entra dans la pièce. C'était une femme pâle, avec de longs cheveux, beaucoup plus rieuse et décidée que son physique ne l'annonçait.

— J'étais en train d'écrire une lettre au tsar, dit Jane.

— Le tsar ? Nicolas Ier ?

— Oui. Nous avions rencontré sa mère, Maria Feodorovna, à Saint-Pétersbourg. Elle nous avait invités, John et moi, pour parler de l'expédition Coppermine. Elle en connaissait les détails mieux que moi.

Sophia hocha la tête. Tout cela était très vieux pour elle.

— Cette lettre au tsar Nicolas Ier n'est qu'une de mes multiples tentatives pour réveiller la conscience de chacun, poursuivit Jane. Je fais tout pour que le monde entier parte à sa recherche. Qui est mieux placé pour le faire que les Russes ? Ce qui me porte, c'est ma conviction que John ne peut être mort, répéta-t-elle.

— Comment le savez-vous ? demanda doucement Sophia.

— Parce que je le saurais, je le sentirais. Lorsqu'on a connu un être pendant vingt ans, comme c'est le cas avec John, le lien abolit les obstacles du temps et de l'espace. Je vis en John et John vit en moi.

Elle rougit. Cette dernière phrase semblait ne pas lui appartenir. C'est pourtant ce qu'elle avait écrit dans une lettre adressée à John, qui lui parviendrait peut-être un jour : « Je vis en vous, mon bien-aimé. »

Sophia observait sa tante avec curiosité.

— Hum… Une phrase qu'une voyante n'aurait pas reniée, ma tante, dit-elle en souriant.

— En effet, sourit aussi Jane. Haddock serait fier de moi. Quand je repense à cette visite chez lui… à cette pauvre fille… cette folle. Je suis vraiment tombée bien bas !

Elle sortit une bouteille de whisky qu'elle dissimulait dans le bas de la bibliothèque et versa le liquide dans deux verres, malgré le refus de Sophia.

— On est censé ne pas le faire mais ça fait du bien. Bois, dit-elle en tendant le verre.

Sophia, qui tenait très bien l'alcool, but sans difficulté.

— La vision d'Emma L. m'a bouleversée, dit Sophia, revenant sur les voyantes. Cette fille était peut-être folle, mais en tout cas elle était sincère. Sa voix, son corps, tout indiquait qu'elle devenait *autre chose.*

— Bien sûr qu'elle est *autre chose* puisqu'elle est folle,

répondit Jane. Et personne n'a rien contre les fous. Mais ce n'est pas pour autant qu'il faut les croire. D'autant que cela revient à faire la publicité de Hareng.

— Haddock.

— Haddock, qui n'est qu'un charlatan bien avisé. Comme tous ces clairvoyants.

— Si vous n'y croyiez pas du tout, vous ne seriez pas aussi énervée, dit Sophia en souriant.

Jane se tut. Sophia avait raison, bien sûr. Elle ne pouvait s'empêcher d'y croire un peu, honteusement, en se raccrochant à l'espoir.

— J'ai déniché une autre voyante, poursuivit Sophia d'un ton léger, comme si elle parlait d'une nouvelle boutique. Pas de Haddock donc.

— Encore une folle…

— Peut-être, oui.

Jane regarda le long visage, un peu anémique, de Sophia, encadré par de longs cheveux tombants et lisses.

« On dirait un saule pleureur », ne put-elle s'empêcher de penser.

N'y avait-il pas un lien entre sa longue et pâle nièce, célibataire, et ces jeunes clairvoyantes toujours un peu malades ?

— Tu ne vas tout de même pas aller la voir ?

— Pourquoi pas ? Je voudrais éprouver son don.

— Éprouver son don ? Que signifie cette expression ?

Sophia se mit à rire.

— Exactement ce qu'elle signifie.

Et c'est ainsi que les deux femmes, au grand effarement de Jane qui ne comprit jamais comment Sophia l'avait persuadée, rendirent visite à une certaine Ellen Dawson. Sophia avait en fait répondu à une annonce du *Morning Post* : « Toute personne désireuse d'éprouver le pouvoir de la voyance est susceptible de recevoir des réponses à toutes questions concernant le passé, le présent ou l'avenir en s'adressant au docteur Joseph Hands, King William Street, City, London. Discrétion assurée. » Un article du *New Monthly*, intitulé « Un cas extraordinaire de clairvoyance » et qui racontait comment Ellen Dawson avait retrouvé la broche perdue d'une aristocrate, avait achevé de la persuader.

Le Dr Hands était un homme à la fois souriant et austère qui fit bonne impression à la soupçonneuse Jane. Sa réputation de médecin était d'ailleurs sans tache. Jane s'était renseignée. Une certaine Carolina Boyle notamment, dame d'honneur de la reine, ne jurait que par lui – et *mezza voce* par sa voyante. Rien à voir avec le Dr Haddock.

Le médecin les conduisit jusqu'à une grande pièce lumineuse. Au centre se tenait une jeune fille pâle et émaciée, toute de blanc vêtue. Sophia Cracroft s'arrêta net. La vue de la jeune femme semblait l'effrayer.

« Elles se ressemblent », pensa Jane.

Et en effet, si Sophia avait été malade, sans doute aurait-elle eu l'apparence de cette jeune femme. Jane elle-même se sentit un peu mal à l'aise. Le plus étrange, dans le physique d'Ellen Dawson, était ses yeux, presque aussi pâles que sa peau. Elle semblait vous observer par-delà une zone de blancheur.

Jane voulut saluer la jeune femme. Bizarrement, elle s'inclina sans parler. Ellen Dawson la considéra sans répondre.

— Voilà quatre ans que je connais Ellen, intervint le Dr Hands, très conscient du malaise créé par l'apparition. Elle m'avait été adressée par un confrère pour des crises d'épilepsie. Il la pensait atteinte d'une hypertrophie du ventricule cardiaque gauche.

Jane hocha la tête poliment.

— Je l'ai vite jugée propre au mesmérisme. Dès qu'elle est entrée dans mon cabinet en fait, poursuivit Hands, tandis que Jane hochait de nouveau la tête sans voir le moindre lien entre un ventricule gauche défaillant et le mesmérisme. Je l'ai testée et le résultat a été stupéfiant.

— Stupéfiant ? fit Jane.

— J'ai voyagé avec elle, lady Franklin ! s'excita le Dr Hands. J'ai traversé les océans en la tenant par la main, tandis qu'Ellen me décrivait en détail les vagues, les tempêtes et les navires emportés comme de vulgaires bouchons. J'ai visité l'Inde et New York sous sa conduite mesmérique !

« Il est encore pire que Haddock, pensa Jane. Ce n'est pas un charlatan, c'est un illuminé comme on n'en voit qu'à l'asile. »

— Magnifique, dit-elle.

— J'ai hâte d'éprouver cela, dit Sophia, qui semblait s'être remise.

Jane plongea la main dans son sac. Le Dr Hands se faisait payer 1 livre et 6 shillings la séance, et 5 shillings pour Ellen.

Sophia interrompit son geste.

— J'ai payé *d'avance,* murmura-t-elle.

Jane en éprouva un léger dégoût, à vrai dire assez incompréhensible.

Le médecin fit asseoir Ellen Dawson dans un fauteuil.

— Mademoiselle Cracroft ! dit-il en avançant une chaise à côté du fauteuil.

Sophia s'assit près de la jeune femme. Celle-ci, qui n'avait toujours pas prononcé un mot, se tourna vers elle avec un sourire pâle et de nouveau Sophia eut un air d'effroi.

— Ne vous inquiétez pas, mademoiselle. Il n'y a aucun danger. Ellen est sur le point de traverser l'espace, car c'est bien cela, le mesmérisme : supprimer la barrière de l'espace. Vous pourrez l'interroger afin de savoir ce qu'elle voit.

— Pourquoi ne m'avez-vous pas choisie, docteur Hands ? demanda Jane.

Le médecin la contempla avec détachement.

— Votre émotion, lady Franklin, troublerait le fluide magnétique. Il s'agit de votre mari.

Et sans plus s'intéresser à Jane, il se tourna vers la voyante et plongea Ellen Dawson en transe, simplement en la fixant pendant une dizaine de secondes.

La jeune femme n'était plus là. Chacun le comprit. Elle s'était… absentée. Toute conscience immédiate s'était évanouie de son corps.

— Elle est partie, dit le Dr Hands. C'est à vous de poser les questions, mademoiselle.

Sophia eut un instant de confusion. Quelles questions ? Puis, ne sachant quoi dire puisque ayant trop à dire, elle demanda :

— Où êtes-vous allée ce soir ?

Par la suite, la tournure au passé de la phrase, qui lui était naturellement venue, lui parut une étrange preuve de complicité avec Ellen Dawson, comme si elle avait intuitivement compris le déplacement par la transe.

— Un long voyage sur la mer et la glace, répondit Ellen.

Sa voix était hésitante. Fatiguée aussi, peut-être à cause de l'effort. Tout semblait venir de loin, des profondeurs de l'âme ou de la terre. Cela n'avait rien de commun avec la voix enfantine d'Emma L. C'était plutôt celle d'une malade.

— C'est là que je veux aller et nous allons y aller ensemble, dit Sophia avec une soudaine autorité. Qu'est-ce que vous voyez là ?

— Un bateau pris dans la glace – et le ciel est d'un pourpre sombre.

— Qu'est-ce que vous voyez dans ce navire ?

— Des gens – pas de femmes, seulement des hommes – des vieux et des jeunes.

— Parlez-moi des vieux, à quoi ressemblent-ils ?

— L'un d'eux est plutôt petit et gros, les cheveux noirs, avec un visage si gentil !

— Comment sont ses cheveux ?

— Noirs mais il en a très peu. Il est chauve.

Sophia demanda en vain où se trouvaient les navires.

— Il y a un nuage devant moi, répondit Ellen.

— Ne pouvez-vous pas nous donner une indication, Ellen ?

— C'est impossible, impossible, dit la voyante d'un ton douloureux. Il y a un nuage devant moi.

Sa voix se faisait plus aiguë. Inquiète, Sophia, qui craignait une crise d'épilepsie, jeta un coup d'œil au Dr Hands. Celui-ci mit fin à cette brève séance.

Dans la rue, la fureur de Jane éclata.

— Des absurdités ! Un tissu d'absurdités ! Cette fille est malade et elle ne dit rien, absolument rien. Elle est encore pire que l'autre. « Il y a un nuage devant moi. » A-t-on déjà entendu pareilles inepties ?

Sophia restait songeuse.

— Oui, elle n'a rien dit, ma tante, mais cela ne signifie pas qu'elle ne dira jamais rien. J'étais à côté d'elle et j'ai senti… J'ai senti quelque chose.

Jane haussa les épaules.

— Quoi ?

— Une sorte d'énergie. Peut-être ce qu'ils appellent le fluide magnétique.

— Une énergie chez cette fille ? Qu'elle se la réserve pour vivre encore quelques mois ! On dirait qu'elle est sur le point de mourir.

— Nous verrons, ma tante. Je ferai une autre expérience.

— Sans moi !

7

C’est avec distance et ironie que Sophia Cracroft parla d’Ellen Dawson à sa tante dans les semaines qui suivirent alors qu’elle était, à l’évidence, fascinée par ses visions. Elle nota d’ailleurs avec soin ce qu’elle avait retenu de la première séance. Son écriture, sur le petit carnet, était minuscule. On aurait pu croire à des signes cabalistiques.

Puis Sophia se rendit chez le Dr Hands. Là, prenant les commandes, elle s’assit dans le fauteuil à côté d’Ellen Dawson en saisissant sa main. La peau lui parut étrangement douce et molle. Et elle lui demanda de voyager avec elle, comme Hands l’avait fait au début.

— Ainsi, je suis sûre que vous me direz tout ce que vous savez, toute la vérité.

Ellen, effrayée, ferma les yeux puis entra en transe. Peut-être voyagea-t-elle au-dessus des mers et de la banquise, car elle se mit à trembler.

— Il fait froid, dit-elle, terriblement froid.

Ce que Sophia ne put s’empêcher de rapporter à sa tante plus tard – et personne ne put l’expliquer –, c’est que la main d’Ellen était devenue glacée. « *Un bloc de glace*. Je tenais dans ma main de la glace tremblante prête à éclater. »

— Apportez-lui des couvertures ! cria-t-elle à Hands.

Celui-ci secoua la tête.

— Cela ne sert à rien. Ellen n'est plus avec nous. Elle est *là-bas* !

Avec émotion, et tandis que la main tressautait comme un animal affolé dans celle de Sophia, Ellen parla d'un navire perdu et d'un autre prisonnier des glaces. Puis, comme Sophia lui demandait de préciser la situation des bateaux, Ellen décrivit vaguement deux passages entre les terres, mais ajouta qu'elle ne pouvait pas localiser les navires.

— Parce que personne n'est jamais allé là – cela n'a pas de nom, c'est plus loin que personne n'est jamais allé.

Sophia lui posa alors des questions sur le capitaine du navire perdu. Pas Franklin, mais le capitaine du second navire, le *Terror*, Crozier. Ellen supposa d'abord qu'il s'agissait d'un homme marié, parce qu'il pensait toujours à une femme. Soudain, dans sa transe, Ellen sembla hésiter, pleine de doutes, et Sophia fut plus que jamais troublée par les mots qui suivirent :

— Non, je ne pense pas qu'il soit marié – mais il aime cette femme plus que toute autre au monde… Il y a une femme qui ne l'aime pas… et maintenant je vois que c'est cette femme qu'il aime tant. Elle ne veut pas l'épouser et c'est pour cela qu'il a fui l'Angleterre, mais je pense qu'il veut s'établir à son retour.

— S'établir ?

— Oui. Se marier. Il aura plus d'argent alors.

— Quel rapport avec l'argent ? dit alors Sophia.

— Rien, puisque la femme ne l'aime pas, mais lui il aura plus d'argent, alors il s'établira.

— Mais êtes-vous vraiment sûre que le navire est perdu ?

— Oui, je suis sûre, affirma Ellen, sans crainte de se contredire.

— Et que fera la pauvre femme ?

— Elle se désolera et ne se mariera jamais.

Sophia abandonna la main de la voyante.

— Faites-la revenir, docteur Hands. Elle va mourir là-bas, dit-elle sombrement, et de toute façon elle ne nous en apprendra pas plus.

Sophia rentra à pied chez Jane. Il lui fallait du temps et du mouvement pour se remettre de cette séance. La sensation de la main glacée demeurait sur sa peau comme une marque spectrale indélébile. Parfois, elle secouait sa main pour s'en délivrer. Elle ne savait si elle devait rire, pleurer ou avoir peur.

Elle raconta la séance à Jane.

— C'est bien la première fois que ces ridicules voyantes semblent deviner quelque chose, dit Jane pensivement. Crozier t'a envoyé une lettre avant la disparition des deux navires ?

Sophia hocha la tête.

— Une demande en mariage ?

— Non. Depuis que j'ai refusé sa demande à Hobart, il n'est plus jamais revenu à la charge.

— Mais évidemment il t'aime toujours.

— Il faut croire.

— Et toi ?

— Non. Mais il me touche. Il est si maladroit, si grossier et sincère à la fois. C'est un paysan de la mer.

À l'époque de la demande en mariage, Sophia avait poliment répondu à la déclaration de Crozier qu'elle ne pouvait s'engager avec un marin toujours absent, tout en se moquant devant sa tante des lourdeurs paysannes de l'Irlandais et des fautes d'orthographe de ses lettres. À présent qu'une prophétesse épileptique lui dépeignait la détresse de Crozier, l'Irlandais la touchait et elle finissait par regretter sa présence aimante et pataude.

— Pour une voyante, dire d'un homme qu'il pense à une femme et qu'il l'aime, ce n'est pas non plus courir beaucoup de risques, dit Jane.

— Peut-être. En tout cas, cela m'a troublée, répondit sèchement Sophia. Ce n'est pas vous qui avez tenu la main de cette femme. C'était effrayant – ou enthousiasmant – je ne sais pas. Ses mots, le tremblement de sa voix, sa main glacée, tout cela a gravé la séance en moi et, je ne sais comment, le chagrin de Crozier m'est apparu. Je l'ai comme… senti !

— Dans ce cas, tu n'auras qu'à épouser Crozier à son retour, fit négligemment Jane.

Elle pensait à un propos d'Ellen Dawson : « Cela n'a pas de nom. » Tous ces hommes – ces 129 hommes – avec John à leur tête étaient partis pour un lieu sans nom. Tout avait un nom en ce bas monde. Tout l'effort des hommes consistait à nommer et à classer. Et puis cet équipage était justement parti pour un espace sans nom, une étendue vide jusqu'à l'abstraction, une abstraction qui s'expliquait par l'absence de toute vie. Et cela, la stupide clairvoyante l'avait compris. Cela n'a pas de nom.

8

Dans l'obscurité granuleuse de la nuit, dans ses carnets d'écriture, dans les promenades mêmes qu'elle faisait, Jane Franklin se livrait à d'autres exercices de voyance et rencontrait d'autres fantômes. Elle marchait dans la rue, et des êtres du passé se mettaient à remonter en elle. Il lui semblait que la dilution de son être facilitait les mélanges de l'espace et du temps.

À mesure qu'elle vieillissait, les êtres du passé avaient pris de l'empire sur elle. Avant l'expédition du Nord-Ouest, déjà, il lui arrivait de voir surgir de sa mémoire – était-ce vraiment la mémoire, d'ailleurs, ou une autre forme de présence au passé ? – les êtres d'autrefois, qu'ils soient morts ou disparus. Il arrive un moment, dans une vie, se disait-elle, où les fantômes prennent plus d'importance que les vivants, tout simplement parce qu'ils sont plus nombreux. Elle parvenait à ce moment où le passé absorbe le présent et le fait résonner d'un écho bizarre et dissonant. Un matin, Peter Roget, qu'elle n'avait pas vu depuis vingt ans, se présenta à elle dans l'étrange latence du rêve, dans cette temporalité lâche, indéfinissable, de l'onirisme. Elle se réveilla troublée.

La disparition de son mari avait précipité la dilution, mais il lui semblait que tout cela était déjà en elle, qu'il s'agissait peut-être du mouvement de la vie, par lequel la réalité quotidienne s'efface et se recompose au profit d'un kaléidoscope intérieur mouvant et vague dispersant l'espace et le temps.

C'est durant une insomnie, entre 2 et 3 heures du matin, qu'elle revécut sa rencontre avec Franklin. Pas une fois, peut-être une dizaine de fois, avec de fugitives modifications qui semblaient orienter la scène de diverses façons.

C'était peu de temps après le mariage de John et d'Eleanor Porden. Jane était absente le jour des noces, en voyage sur le continent, mais elle savait bien sûr que son amie s'était mariée avec ce marin qui revenait d'une expédition sur la rivière Coppermine, au Canada, expédition dont le récit l'avait rendu célèbre. On l'invita quelque temps plus tard pour un grand dîner en l'honneur de Franklin, qui allait repartir pour une autre expédition. Elle avait acheté son livre et l'avait lu, par politesse et par attrait pour l'aventure, elle qui ne cessait depuis son plus jeune âge d'écrire et de voyager. Le récit l'avait effarée : quel être exceptionnel avait dirigé cette expédition ? Pour la première fois, elle avait envié Eleanor : comment avait-elle réussi à épouser un homme capable de survivre à de telles épreuves ? Ce bas-bleu un peu sec, souvent triste, toujours austère, était fait pour les bibliothécaires, comme sa poésie d'ailleurs. En tout cas, elle s'imagina John Franklin, avec sa stature et sa détermination d'aventurier, et fronça les sourcils en imaginant Eleanor dans un lit avec cet homme. Elle brûlait de le connaître.

Jane, qui s'appelait encore Jane Griffin, était venue avec le livre sous le bras, au mépris de tous les usages, et était entrée dans la petite maison d'Eleanor et de John. Un homme était au centre d'un groupe qu'il surmontait de toute sa taille. Ses cheveux drus en bataille, le nez aigu, les yeux noirs brillants, il se tenait de trois quarts par rapport à Jane et il parlait aux hommes et aux femmes qui l'entouraient comme on mène une bataille. Elle ne devait jamais oublier cette première apparition : l'homme était l'incarnation même du héros, de tout ce qu'on pouvait imaginer d'un héros.

Le héros se tourna et leurs regards se croisèrent. Jane rougit.

Comme Jane était Jane, c'est-à-dire une jeune femme au visage rond et sensuel, inexplicablement attirante, un large sourire éclaira la face de l'homme, adoucissant son air autoritaire. Tandis que Jane s'approchait, sans oser toutefois entrer dans le cercle, il fendit le groupe sans se soucier de quiconque et aborda la jeune femme.

— James Ross, dit-il en se présentant.

Et juste à ce moment, Eleanor la prenait par le bras en lui disant :

— Jane ! Quel plaisir de te voir. Laisse-moi te présenter mon mari.

À son bras se tenait un petit homme assez gras, chauve, avec des yeux tombants qui lui donnaient un air mélancolique. Jane lui sourit d'un air désemparé, tourna la tête vers James Ross, puis de nouveau vers John Franklin, ses yeux s'élargirent un peu et elle balbutia :

— Enchantée.

Franklin sourit d'un air poli.

À table, elle fut placée à côté de lui, comme si elle était la reine de ce dîner où il n'y avait pourtant que de célèbres explorateurs ou des ministres. Eleanor, enceinte, était assise au bout de la table, le visage fatigué.

Jane dit à John quelque chose de convenu.

— Hein ? fit l'homme aux yeux tombants, qui était à moitié sourd.

Elle répéta plus fort.

— C'est un honneur d'être à côté du grand John Franklin !

— À condition de parler fort, dit Franklin en souriant.

À la fin du dîner, elle avait demandé une dédicace. Bien entendu, ce n'était ni le lieu ni l'heure, mais Franklin, flatté, ne se formalisa pas et écrivit le mot qui ornait encore la page de garde :

Pour Jane Griffin, que j'espère revoir bientôt.

Dans la nuit de l'insomnie, la scène se présentait différemment. Avec des angles divers, des coupures aussi. Parfois juste des instantanés : la haute stature de Ross et à côté Franklin, minuscule. À un moment, de façon déconcertante, Jane se vit de l'extérieur. C'était Eleanor qui les contemplait et elle était devenue Eleanor. La femme fatiguée, avec son regard las, contemplait son amie et son mari avec une lucidité désenchantée. Elle savait déjà tout. Que son mari la quitterait pour cette femme plus jolie, plus gaie. Elle les observait sans animosité, avec la tranquillité grise de ceux qui partent, le monde déjà se teintant de couleurs plus fades.

Jane alluma une bougie.

Trois jours après cette insomnie, une enveloppe blanche tamponnée attendait Jane sur son bureau. Elle se demanda de quoi il s'agissait. Elle s'assit. Sans oser l'ouvrir.

Puis elle lut la lettre. Lorsqu'elle la reposa, elle était d'une grande pâleur. Elle avait reçu des nouvelles de Mathinna. Son souvenir le plus coupable.

À Hobart, les Franklin avaient adopté une petite Aborigène. Jane avait voulu faire un symbole de cette petite fille, après les massacres d'Aborigènes auxquels s'était livré le précédent gouverneur de la terre de Van Diemen, le colonel Arthur.

Mathinna était arrivée à Governor House, venant de l'île Flinders, le camp de relégation des survivants aborigènes, avec sa peau de kangourou et son panier tressé, un collier de coquillages au cou et son opossum apprivoisé sur l'épaule. Elle était si étrange, si timide et si gaie. Et Jane avait réussi en quelques mois à la rendre familière, soumise et triste. Son portrait à sept ans, en robe rouge, avec ses grands yeux noirs et ses mains jointes. Ce texte : « Je suis une bonne petite fille, j'ai une plume et de l'encre parce que je suis une bonne petite fille. J'aime mon père. J'ai une poupée, une chemise et un jupon. Je lis… J'ai les pieds qui me font mal, des chaussures et des bas et je suis très contente. »

Les Franklin l'avaient adoptée, élevée avec Eleanor

(toutes deux partageaient la même gouvernante) puis ils l'avaient abandonnée. Non, pas abandonnée… Comment dire ? De santé délicate, Mathinna ne pouvait être emmenée en Angleterre. Ils l'avaient donc confiée à l'orphelinat. Bref, abandonnée. Elle n'avait pas supporté l'orphelinat, on l'avait ramenée sur l'île Flinders. Elle n'avait pas supporté l'île Flinders, parce que c'était comme ça, parce qu'elle n'était pas comme les autres, parce qu'elle avait porté la robe rouge et les chaussures, on l'avait donc ramenée à l'orphelinat. De nouveau. Elle n'avait pas supporté l'orphelinat, et là on ne pouvait plus rien faire de la fille entre les mondes, de sorte qu'elle s'était mise à boire et à traîner avec d'autres Aborigènes dans le bush. Elle avait eu 16 ans, 17 ans, peut-être 18 ans, on ne savait même pas. Elle rôdait avec d'anciens bagnards, d'autres êtres entre les mondes.

C'était bizarre. Son premier nom, c'était Mary. Ses parents l'avaient appelée ainsi. Et c'était Robinson, le protecteur des Aborigènes, nommé par le Parlement (même s'il avait eu peu de poids face aux massacres du colonel Arthur), qui avait tenu à la renommer Mathinna, à six ans. Peut-être que ses parents avaient été les premiers traîtres.

La lettre annonçait la mort de Mathinna : on l'avait retrouvée noyée dans une rivière.

Tout disparaît. Tout glisse dans la pâleur de la culpabilité.

Il était une fois une riche Anglaise qui avait voulu décider du destin d'une petite fille. Qui avait voulu faire de son mari le vainqueur du passage du Nord-Ouest. Elle avait volé John à sa meilleure amie. L'explorateur était tombé amoureux d'elle avant même la maladie de sa femme. Elle avait volé une petite fille à ses parents et l'avait détruite. Elle avait effacé l'identité d'une autre petite fille, Eleanor.

On finit toujours par payer. N'est-ce pas ?

9

Elle attendait parce que autrefois John avait attendu. Après le mariage, alors que son mari commandait un navire dans l'escadre de Malte, elle avait fait avec un domestique, Messeri, le tour de la Méditerranée. L'autre domestique, pourtant si fiable, Owen, lui avait faussé compagnie à la suite d'une crise de colère un peu trop appuyée.

À pied, à dos de mule, Jane avait voyagé pendant trois ans. Égypte, Palestine, Syrie, Turquie. Elle vit la guerre à Haïfa, entra à Nazareth sur le dos d'un âne, dormit au milieu des chevaux et des Bédouins. Elle contempla le soleil sur Moab et se baigna dans le Jourdain. Elle fut aussi invitée par les ambassadeurs et protégée par les janissaires. Elle fut aimée, détestée. Ses colères étaient des fureurs dont elle mettait des jours à se remettre, ses décisions des ordres sans retour. Elle était excessive, rebelle avec conscience et détermination : rien ni personne ne pouvait la contraindre, disait-elle. On préférait l'abandonner en rase campagne, comme Owen puis Messeri, excédés. En Égypte, elle avait retrouvé des amis, les Thurnbull, mais après l'une de ses fameuses colères, regrettables, toujours regrettables bien sûr, ils l'avaient eux aussi abandonnée, dans l'obscurité d'une pyramide, ce qui n'était pas très chrétien, n'est-ce pas ?

Elle écrivit tout cela dans des lettres fiévreuses à son mari, se plaignant des persécutions dont elle était l'objet. Ils ne se voyaient jamais, ils ne vivaient pas ensemble, ils se parlaient par lettres.

Franklin était seul à Londres, dans l'anxiété et la tristesse, le soir de leur cinquième anniversaire de mariage. Il avait tant espéré qu'elle serait là. Il l'avait attendue, attendue. Il tournait en rond dans la grande maison. Il espérait. Mais elle n'était pas venue. Un anniversaire ? Qu'était-ce qu'un anniversaire ? Une cérémonie un peu absurde. Une habitude sociale. Pourquoi revenir de si loin pour un *anniversaire* ?

Jane avait rencontré un autre homme, le missionnaire Rudolf Lieder. Elle avait eu besoin de lui lorsque les Thurnbull l'avaient abandonnée. Elle était allée chez lui, au Caire, avec une lettre d'introduction. Sa maison, vaste et claire, l'avait d'emblée réconfortée. Tout y était d'une sobriété tenue, d'une propreté extrême. Et puis un homme d'une quarantaine d'années était arrivé, habillé de la longue et ample robe cairote qui dégageait son cou nu. Il l'avait saluée d'une voix un peu rauque. Puis il lui avait demandé de lui raconter ce qui lui arrivait. Et alors elle avait déversé toutes ses rancunes et ses peurs aux pieds de ce révérend au visage ascétique, rompu à écouter et qui lui souriait avec compassion, racontant les rats de Rosette (une cabane ignoble où elle avait échoué), l'abandon des domestiques, des

Thurnbull, toutes les persécutions, les horreurs dont elle se disait victime, cette nuit de cauchemar sur le mont Hymette, dans le brouillard, dont elle avait l'impression d'émerger devant cet homme au regard serein, si calme, si attentif.

— Je comprends. Tout cela est très dur pour une femme seule. Ce sont des pays difficiles lorsqu'on ne les connaît pas. Il y faut une longue habitude et j'ai moi-même mis des années à m'initier à ces contrées.

Il parlait bien anglais. Français aussi, allemand et arabe bien sûr. Le révérend regarda Jane.

— Je peux vous escorter si vous le désirez. J'ai un bateau, je vous en trouverai un autre. Nous pouvons aller ensemble jusqu'à la deuxième cataracte.

Il avait eu l'air un peu gêné derrière son masque d'assurance et de sérénité. Mais il ne pouvait pas lui faire davantage plaisir. Il lui avait procuré un bateau et ils avaient ensemble remonté le Nil. Elle l'avait trouvé très agréable et bien sûr plus que cela malheureusement – ou non, justement. Qu'y avait-il à regretter ?

Un jour, elle l'avait surpris torse nu, alors qu'il se lavait. Sa chair pleine, musclée, contrastant avec son visage d'ascète, l'avait troublée comme un mensonge. Elle s'était retirée sans qu'il l'aperçoive. Ou sans qu'il l'exprime, car elle avait l'impression qu'il bombait le torse.

Comme l'avaient troublée ses mains fortes, qui ne lui semblaient pas celles d'un révérend, d'un homme de Dieu. Jane pensait que Rudolf Lieder était un être double, un homme inspiré, fervent croyant, mais aussi quelqu'un d'autre, et c'était cet autre qu'elle voulait découvrir, l'être qu'il cachait. Celui qui était apparu durant la nuit de tempête. Ou la nuit des cantiques.

Jane était sur son bateau. Ils avaient dîné ensemble. Elle lui avait parlé de sa jeunesse, de son besoin de voyage et d'évasion. Elle lui avait demandé comment il était devenu missionnaire.

— Je viens d'un petit village d'Allemagne.

Il avait dit cela comme si cela expliquait tout. Il avait hoché la tête, décrit la campagne reculée, le besoin qu'il avait éprouvé aussi de partir, d'aller porter au loin la parole divine. Et il avait semblé grandi en prononçant ces paroles. Son regard était plus intense. Elle s'était demandé s'il n'était pas, malgré sa liberté, sa douceur aussi, un de ces fanatiques rentrés – il y avait sans doute beaucoup d'êtres en Rudolf Lieder.

Puis il était revenu sur son bateau, à regret, elle en était certaine. Un quart d'heure plus tard, elle avait entendu un chant dans la nuit et elle s'était brusquement retournée, saisie : le révérend chantait avec une guitare des chants sacrés, d'une voix enveloppante qui la poursuivait, lui murmurait des tendresses comme un baiser chaud. Et après tout, c'était aussi cela le sacré, de l'amour, n'est-ce pas ?

Et puis la tempête bien sûr. Toujours la tempête. Elle avait écouté des récits de tempêtes, celles de John, de James Ross, de Crozier. Et voilà qu'elle avait eu la sienne, plus modeste mais peut-être plus décisive. Elle ne savait pas qu'il pouvait y avoir des tempêtes sur le Nil, mais le fait est que le vent s'était levé, les flots s'étaient creusés et bientôt les frêles bateaux avaient été secoués. Le révérend demanda à rejoindre la rive. La pluie sur son visage raviné faisait un casque de ses cheveux et son profil autoritaire était soudain celui d'un soldat. Comme on lui obéissait mal, les hommes courant dans le désordre, il se leva et, pour la première fois, Jane l'entendit crier. Il se précipita pour abaisser lui-même les voiles, menaçant les marins autour de lui. Puis il sauta dans l'eau et aida à tirer le bateau à l'abri des rochers tandis que celui de Jane se rapprochait. À ce moment, un rocher affleurant ébranla l'embarcation : Jane tomba. Le révérend plongea dans le Nil, se hissa sur le bateau et saisit Jane dans ses bras. Il tremblait.

Et l'homme de Dieu devint l'homme de Jane. Pour un temps, seulement pour un temps. Parce que le temps long, le temps de la vie, appartenait à Franklin. Rudolf Lieder appartenait à l'Égypte et au Nil. La vie, c'est-à-dire le temps et ses affluents, les plaisirs et les épreuves, le quotidien, la banalité et la beauté du banal, tout cela était pour John. Le partage de la fragilité, de l'inquiétude, du pouvoir, des échecs et des réussites, le partage de la famille, la vérité d'une vie au long cours, tout cela c'était John Franklin, qui n'était pas un soldat de Dieu au visage d'ascète, mais un petit gros de 60 ans, un vrai soldat qui n'avait jamais eu l'air d'en être un, qui ne s'énervait jamais, ne jurait jamais et était sans doute l'homme le plus doux qu'elle ait rencontré. On ne savait pas trop ce qu'était l'amour, pourtant en cette heure où elle attendait, comme toujours, des nouvelles de l'expédition du Nord, elle se disait qu'elle aimait son mari, à sa façon, oui à sa façon, parce qu'il y avait beaucoup de façons d'aimer mais il n'y avait qu'une vérité du sentiment, et de cela elle était certaine, oui elle était certaine d'aimer son rondouillard aux yeux tombants et elle voulait le voir comme dans la boule de cristal des contes de fées avant de le retrouver en chair et en os, dans sa fragilité même de soldat tombé, enveloppé dans son drapeau de la grippe, faisant sa sieste sur son canapé, comme le vieillard qu'il était devenu et qu'elle était presque elle-même, vieillissante et aimante – elle n'avait au fond que cinq ans de moins que lui –, n'aspirant qu'à partager sa vieillesse avec son roi paisible et rondouillard, sa paix et son amour.

TROISIÈME PARTIE

LA RECHERCHE

1

William Coppin ne croyait pas aux voyantes. Son énergie se déployait dans les domaines plus rationnels de la science, l'ingénierie et les chantiers de construction navale. Mais il connaissait son public. Il savait les moyens d'agiter les foules. Et lorsque Jane lui avait proposé de rencontrer Emma L. et le sinistre Haddock, il avait, certes, éprouvé un vague attrait pour l'expérience, d'autant que cette affaire Lomax, et la liasse de billets de 650 livres retrouvée, excitait son avidité d'homme d'affaires, mais il songeait surtout au tintamarre qu'en feraient par la suite les journaux, ce qui ne manqua pas de se produire.

L'expérience Ellen Dawson le laissa de marbre. Il en sourit un instant, puis oublia aussitôt la lettre que Jane lui envoya à ce sujet. Il poursuivait en même temps qu'elle sa tâche inlassable : décider l'Amirauté et lever des fonds. Ce n'était pas sans mal. Il le faisait par générosité naturelle, ce qui existe paraît-il, mais aussi parce que, depuis sa quasi-ruine en tant qu'armateur (personne n'avait voulu acheter son *Great Northern* et un incendie avait détruit son chantier naval de Londonderry), il s'était spécialisé dans le sauvetage de navire. Sauver les deux bateaux les plus célèbres de l'époque aurait constitué pour sa société une publicité merveilleuse.

Lorsqu'il quittait Derry pour venir à Londres, William Coppin logeait à l'hôtel Brown, beaucoup trop cher pour lui depuis l'incendie, mais infiniment rassurant pour tous les investisseurs potentiels. Il y donnait tous ses rendez-vous, jouant à la fois au lord anglais et à l'énergique Irlandais, deux rôles qui cohabitaient assez mal dans son épaisse carcasse rougeaude.

En ce jour de 1848, il ne fallait pourtant rien de moins que l'hôtel Brown pour accueillir les illustres visiteurs de Coppin et de sa famille puisque celui-ci était en effet venu avec sa femme, Dora, et leurs trois enfants. Jane Franklin, James Ross, ainsi que le vieil ami de John Franklin depuis la Coppermine, le Dr Richardson, accompagné d'un certain John Rae, étaient les invités du jour.

Jane arriva la première. Elle monta directement à la suite des Coppin. C'est William qui lui ouvrit. Derrière lui se tenaient trois enfants qui observaient la nouvelle venue comme des souris fureteuses, en se cachant à moitié. William les présenta : l'aînée, Anne, 9 ans ; Henry, 7 ans, et Louisa, 3 ans. Jane les considéra avec indifférence. Elle aimait assez peu les enfants, qui lui rappelaient qu'elle n'en avait pas. Elle trouva Anne cérémonieuse, Henry méfiant, mais Louisa plutôt drôle. Elle était assez jeune pour offrir aux adultes la seule qualité de l'enfance aux yeux de Jane : une étrangeté radicale, quelque chose de différent qu'une femme comme elle, trop habituée aux usages et aux codes sociaux, bref trop habituée aux êtres humains, appréciait. Elle fit même semblant de s'intéresser à elle, mais la petite fille blonde s'enfuit derrière un canapé en la regardant de ses yeux rieurs.

« Elle est mignonne, cette petite », se dit distraitement Jane.

— Viens saluer lady Franklin, Weesy, dit William.

— Weesy ? fit Jane, surprise.

— C'est le surnom que nous avons donné à Louisa.

Et il saisit l'enfant dans ses bras, avec un mélange de fierté et d'amour qui donna beaucoup à penser à Jane, car elle ne connaissait pas Coppin sous ce jour. Puis le père rougit comme un amoureux, posa la petite à terre et dit :

— Dora, occupe-toi de la petite.

La femme de William surgit du fond de la pièce et prit l'enfant en souriant. Ce fut au tour de Jane de rougir. Elle songea avec remords à la petite Mathinna. Puis à Eleanor. Elle n'avait jamais été capable de saisir cet enfant avec ce naturel et cet amour, même bien avant que leurs relations ne s'enveniment.

« Les gens heureux m'ennuient », pensa-t-elle.

Au grand étonnement de Jane, la femme resta plantée devant elle, l'enfant entre les jambes.

— Nous ne sommes pas au dernier étage, dit Dora d'un air entendu.

— En effet, répondit Jane.

— Nous n'avons donc pas accès à la trappe à incendie, dit Dora Coppin en levant les sourcils.

— Ah oui ? Et alors ?

— Nous ne pouvons donc pas nous enfuir.

— Et pourquoi s'enfuir ? dit-elle comme si elle s'adressait à une demeurée.

— Ma femme craint les incendies, intervint William Coppin avec gêne.

— Quels incendies ?

— Tout le monde sait que Londres est une ville sans cesse ravagée par les incendies, affirma Dora Coppin avec un sourire entendu.

Puis elle s'en alla à grands pas en tenant l'enfant par la main.

« Je suis entourée de fous », songea Jane.

Elle se tourna vers Coppin, qui arbora un visage sérieux et grave assez peu convaincant.

— Comme vous le savez, Jane, l'Amirauté a enfin accepté d'envoyer des expéditions de secours.

— Lord Barrow ?

— Oui, comme toujours. Tout ce qui concerne la découverte du passage du Nord-Ouest est toujours de son fait. Mais lui aussi a dû convaincre. C'est désormais certain : trois expéditions sont prévues.

— L'essentiel pour moi est que James Ross soit choisi.

Coppin sourit.

— James Ross n'est pas choisi. Il choisit, vous le savez bien.

Jane acquiesça.

— Et il a été le premier à se présenter, poursuivit Coppin.

— Jamais il n'aurait abandonné John ! fit Jane en redressant le buste.

— Richardson non plus.

— J'ai appris cela, dit Jane. Mais Richardson a l'âge de John, ce qui n'est pas précisément jeune, et il n'a jamais vraiment recouvré la santé après la Coppermine.

— Un ami est un ami. Richardson ne serait jamais resté à l'écart des expéditions. J'ai invité les deux hommes ce soir. Et vous ferez la connaissance d'un troisième.

Quelques minutes plus tard, James Ross et John Richardson entrèrent dans la suite. Jane voyait régulièrement Ross, mais Richardson ne lui avait pas rendu visite depuis des années et elle le trouva très vieilli. Ses cheveux avaient entièrement blanchi et sa peau était grise. Son visage, autrefois sculpté et autoritaire, s'était alourdi, et son côté gauche était comme tuméfié depuis qu'il avait gelé durant la Coppermine, les années l'ayant désormais tavelé et raviné. Même si la démarche de Richardson demeurait ferme, Jane se sentit gênée en le regardant.

Un garçon les conduisit à une salle privée, tendue de rideaux rouges et ornée de tapis, pour le dîner. Un feu flambait dans la cheminée. On avait prévu d'attendre le troisième homme, mais celui-ci n'arrivant pas, chacun commença à exposer le projet.

— L'Amirauté a prévu trois expéditions, dit James. Celle du Nord suivra le trajet prévu par Franklin, par la baie de Baffin et le détroit de Lancaster. C'est celle que je conduirai, avec deux frégates. L'expédition du Sud sera menée par Richardson et Rae, par le Canada. Nous nous rejoindrons autant que possible : Franklin se trouve forcément entre nos deux expéditions. Et une troisième expédition, commandée par Thomas Moore, avec le *Plover* et le *Herald*, viendra de l'ouest, par le détroit de Béring. Thomas Moore ne peut être parmi nous ce soir mais il vous présente ses compliments les plus respectueux et vous assure de son dévouement.

— La deuxième expédition, celle que je dirige, précisa Richardson, passera par les terres, comme John et moi l'avions fait du temps de la Coppermine, puis gagnera la mer Arctique pour trouver des traces de l'*Erebus* et du *Terror*.

— Merci à vous deux. L'amitié est une forme de fidélité et vous possédez cette qualité au plus haut point.

— Votre fidélité ne peut être égalée, lady Franklin, répliqua William Coppin, obséquieux.

— Simple lucidité, cher William, à l'égard d'un homme qui a été donné trois fois pour mort et qui trois fois est revenu d'entre les morts. Il reviendra cette fois encore, j'en suis certaine, affirma Jane avec calme.

James lui lança un regard perçant.

— John aurait pu mourir sur le *Bellerophon* à Trafalgar, dit-il. Il a été blessé au lac Borgne et il a survécu on ne sait comment à la famine de la Coppermine…

— Là où les plus forts sont morts, entonna Richardson.

— Tout cela est vrai, poursuivit James prudemment, et nous sommes tous conscients de ses extraordinaires ressources. L'Angleterre en est consciente.

— Mais…, dit Jane, attendant la chute.

William Coppin observait ce petit théâtre avec étonnement.

— Je veux seulement insister sur la situation difficile de ces deux navires, poursuivit James, avec une telle prudence qu'on ne savait où il voulait en venir. Crozier et moi avons autrefois affronté l'Antarctique, vous le savez, Jane, et vous savez aussi combien cette exploration a été une épreuve. Mais malgré les difficultés, nous avons pu chaque fois hiverner à Hobart. John et les siens sont perdus depuis des années en Arctique, dans la contrée la plus inhospitalière de la planète. L'Amirauté n'a que trop tardé, malgré les efforts de Barrow. Je bénis le Ciel que nous puissions enfin partir.

À ce moment, le retardataire, ce troisième homme annoncé par Coppin, entra dans la pièce. Sa stature comme son visage étonnèrent Jane. Il était massif, le visage carré, rocailleux, se dit-elle bizarrement, avec un collier de barbe, d'énormes favoris et une ample moustache. Elle n'avait pas l'habitude de voir des hommes de ce genre à Londres.

— Pardonnez mon retard, dit l'homme, cette ville m'est étrangère. Je m'y suis perdu comme dans une forêt profonde. Je m'appelle John Rae. Je suis médecin et j'accompagnerai le docteur Richardson.

Son accent était écossais.

— D'où venez-vous ? demanda Jane.

L'homme se raidit.

— Des Orcades.

— On dit qu'il n'y a pas meilleurs marins que les hommes des Orcades, dit poliment Jane.

Rae se détendit. Les Anglais méprisaient souvent les Écossais, et encore plus les pêcheurs d'un archipel aussi pauvre que celui des Orcades.

Ils furent interrompus par le garçon qui entra les bras chargés de différents plats qu'il disposa sur la nappe blanche. De la charcuterie, du poulet, des tranches de bœuf ainsi qu'un peu de légumes. Puis, intimidé par la présence de Jane Franklin et de James Ross, ainsi sans doute que par William Coppin, qui n'avait pas la célébrité des deux autres mais qui n'était pas un client commode, il servit chacun avec raideur. Sa main tremblait.

À sa sortie, James reprit la parole.

— Moore partira avec le *Plover* dès le début de l'année 1848. Les navires que je dirige seront prêts à l'été.

— Quant à nous, nous devrions lever l'ancre en mars, ajouta Richardson.

Jane sourit.

— Cela me semble parfait. C'est tout ce que nous espérions depuis de nombreux mois.

La voix de Ross s'adoucit.

— Oui. Nous allons faire tout notre possible pour retrouver John.

— Je n'en ai jamais douté, James, et je suis soulagée que vous soyez à la tête de l'expédition.

Richardson eut un mouvement de buste qu'elle ne comprit pas.

— Avez-vous l'expérience de ces terres difficiles, monsieur Rae ? Mon mari et M. Richardson ont payé cher leur premier voyage au Canada.

— Oui, je les connais assez bien. C'est là que je vis. La Compagnie de la baie d'Hudson m'emploie depuis des années.

— John a cartographié plus de 600 miles de terres inexplorées au Canada, intervint Richardson. C'est ainsi que je l'ai repéré et que je lui ai proposé de m'aider à retrouver Franklin.

À cet instant, la porte s'ouvrit à la volée et un petit être entra en éclatant de rire : c'était Weesy Coppin. La femme de Coppin la suivit en s'excusant :

— Elle m'a échappé. Elle voulait absolument voir son père avant de se coucher.

Surprise de tomber sur tant de gens, l'enfant les observait avec attention.

— Vous avez une belle enfant ! dit poliment James.

— Merci, monsieur, répondit Dora Coppin tandis que son mari rougissait de plaisir, comme chaque fois qu'on parlait de sa fille.

Dora saisit la petite fille dans ses bras, qui se mit à hurler, sans qu'on sache si c'était de colère ou de plaisir. Puis mère et fille disparurent.

— Voilà une petite fille qui doit prendre de la place ! dit John Rae en riant.

— J'imagine qu'elle a hérité cela de son père, intervint Richardson avec bonne humeur.

À l'issue de ce dîner, Jane se sentit rassurée. Elle avait une confiance instinctive en James Ross, qui n'avait jamais échoué dans sa vie. Et même si elle croyait assez peu en Richardson, John Rae l'impressionnait. Et puis le vin du repas l'égayait. Rien n'était certain, la zone de l'Arctique où avait disparu Franklin, comme le lui avait répété plusieurs fois l'Amirauté, se composait de milliers d'îles, mais au moins on s'était rendu à l'évidence : il fallait partir à la recherche de Franklin.

2

Le *Plover* partit en janvier 1848. En mars, Rae et Richardson s'embarquèrent sur un paquebot pour New York. Puis en juillet, ce fut au tour de James Ross, avec l'*Enterprise* et l'*Investigator*.

Pour Jane, il n'y avait plus qu'à patienter et elle se rendit compte qu'il était à peine moins pénible d'attendre le résultat des trois expéditions que d'espérer le retour de Franklin. C'était toujours cette forme d'espérance tissée de crainte. Une vie routinière, habituelle, au milieu de laquelle se lovait le serpent de l'attente, comme une pensée d'en deçà, une tension. Le temps passait, lourd, lent, saturé. Une révolution avait eu lieu sur le continent, inquiétant les milieux conservateurs anglais proches de Jane. Le Printemps des Peuples ? Quelle importance cela pouvait-il bien avoir pour elle ?

Au moins, elle recevait régulièrement des nouvelles. Rae et Richardson avaient embauché des Voyageurs, ils étaient remontés vers l'Arctique. Ils progressaient bien. Le *Plover* s'était posté à l'entrée du détroit de Béring, et le navire qui l'avait rejoint, le *Herald*, explorait la zone vers le nord. Quant à Ross, il déployait de multiples moyens pour faire connaître sa présence à Franklin : coups de canon, fusées éclairantes, renards blancs capturés puis relâchés avec des colliers de cuivre porteurs de messages.

Richardson rentra sans Rae à l'été 1849. Il n'avait pas trouvé de traces de l'expédition Franklin et, dans son rapport à l'Amirauté, se montra certain qu'aucun navire n'était passé à proximité de la côte canadienne. De nombreux témoignages d'Inuit l'attestaient. Franklin était forcément plus au nord. Le rapport précisait qu'il ne fallait pas perdre espoir, que le gibier était assez abondant sur les îles du Nord et que Rae était remonté jusqu'à l'île Banks pour aller chercher des traces de l'expédition. Lui-même, Richardson, avançait que Franklin n'avait pu, à partir du détroit de Lancaster ou du détroit de Peel, que se diriger vers l'ouest, ce qui signifiait que des navires venant du détroit de Béring pourraient aller à sa rencontre, ou vers le sud, et que les hommes étaient en train de se diriger vers le continent en passant par les glaces. Il fallait encourager la Compagnie de la baie d'Hudson à offrir une récompense à toute personne qui fournirait des renseignements sur l'arrivée éventuelle d'une troupe d'hommes blancs en provenance du nord.

Ce que le rapport ne précisait pas, et que Jane apprit plus tard, c'est que sa santé avait contraint Richardson d'abandonner l'expédition. Comme elle le craignait, les douleurs cardiaques avaient eu finalement raison de sa fidélité.

De toute façon, le vrai recours, pour Jane, c'était James Ross. Richardson comme Thomas Moore, le capitaine du

Plover, n'étaient que des adjoints. Avec ses deux navires, Ross avait été dû hiverner sur l'île Somerset, en tendant des bâches au-dessus du pont. L'intensité du froid le surprenait – on disait que les dernières années étaient, de mémoire d'homme, les plus froides du siècle – et il songeait avec inquiétude à Franklin et à Crozier affrontant un troisième hiver dans ces conditions. Comme il était impossible de sortir, il fallut attendre le printemps pour lancer une reconnaissance sur l'île Somerset et le détroit de Peel, par où étaient peut-être passés l'*Erebus* et le *Terror.* Ross et ses hommes tirèrent les traîneaux à la main, parce qu'ils n'avaient pas de chiens. L'effort était épuisant. Ils longèrent la côte occidentale de l'île qui donnait sur le détroit de Peel pendant des centaines de kilomètres, toujours à la recherche d'un indice, laissant des provisions pour d'éventuels naufragés en plusieurs endroits. Devant la glace qui bloquait le détroit, Ross douta que les navires aient emprunté cette route. Décidant de rebrousser chemin, il proclama que l'expédition n'était pas passée par le détroit de Peel – ce qui se révéla une des plus grandes erreurs de la longue quête. De toute façon, Ross ne pouvait demeurer davantage. Haler les traîneaux était devenu pour ses hommes une souffrance infinie. Ils peinaient et s'écroulaient en tirant les cordes. Seuls quatre hommes pouvaient encore s'en charger. Plusieurs étaient atteints du scorbut. Ils se mouvaient difficilement, et deux hommes étaient même incapables de marcher. Après 500 miles dans la glace, ils revinrent aux bateaux sans avoir rien découvert. Ross contempla l'infirmerie pleine : les équipages souffraient de ce mal mystérieux qu'on appelait le mal arctique, plusieurs perdant toute raison et sombrant dans une forme de faiblesse qui s'achevait par la mort. Il discuta avec le médecin, lui-même atteint du scorbut, et il sut qu'ils allaient tous mourir s'ils ne partaient pas. Il songea à sa femme et à ses deux enfants en bas âge. Et il donna l'ordre du retour.

En novembre, dès qu'il eut rendu compte de son échec à l'Amirauté, Ross alla rendre visite à Jane, qui connaissait déjà tous les détails du rapport. Mais elle ne put parler. Elle éclata en sanglots, elle qui ne pleurait jamais en public. Toute sa confiance avait été placée en James Ross, qui était pour elle un de ces parfaits chevaliers incapables d'échouer. Elle demeurait devant lui, incapable de se contenir, pleurant toutes les larmes de son corps, l'infaillible ami revenant défait de son expédition.

Dans sa main, James tenait les lettres que Jane lui avait confiées pour Franklin, toutes ces lettres qu'elle ne cessait d'écrire, depuis des années, et qui traduisaient toujours la confiance, l'amour et l'espoir, dans des termes qu'on n'aurait jamais soupçonnés de sa part et qu'elle-même, sans doute, n'aurait jamais cru possibles lorsqu'elle accomplissait son voyage en Orient en ne réclamant que liberté et indépendance.

Lorsque James, d'une main hésitante, lui confia le tas de lettres cachetées, les sanglots redoublèrent.

John Rae revint sans plus de résultats du continent canadien, reprenant son poste à la Compagnie de la baie d'Hudson après avoir écrit un rapport circonstancié. Les deux navires de l'ouest également. Cette fois, Jane ne pleura pas. Harcelant l'Amirauté, elle exigea de nouvelles expéditions. Comme le tsar Nicolas Ier avait déjà envoyé des navires, elle s'adressa au président des États-Unis. Tout le monde pensait qu'il n'y avait plus aucune chance de retrouver les membres de l'expédition vivants. L'*Erebus* et le *Terror* avaient embarqué des vivres pour trois ans. Voilà cinq ans qu'ils étaient partis.

— Le rapport de Richardson parle de terres riches en gibier, répondait-elle.

Elle ne croyait pas au rapport de Richardson. Peu importait. Elle ne croyait pas plus à la mort de Franklin.

— Il y a des liens dans l'invisible. Si John était mort, je le saurais.

Quinze autres navires repartirent. On ne parlait plus que de Franklin. Articles de presse, rumeurs, révélations du matin démenties au soir. De façon imprévisible, même pour un explorateur aussi célèbre que Franklin, la disparition des deux navires et la quête de Jane avaient fini par provoquer une intense émotion populaire.

Un jour, dans une foire à Londres, une chanson s'éleva dans la rue. Jane n'y fit pas attention, les musiciens ambulants étaient une attraction permanente. Soudain, elle entendit le nom de Franklin. Elle prêta l'oreille et entendit plusieurs strophes d'une ballade.

In Baffin's Bay where the whale fish blow
The fate of Franklin no man may know
The fate of Franklin no tongue can tell
Lord Franklin alone with his sailors do dwell

And now my burden it gives me pain
For my long-lost Franklin I would cross the main

Ten thousand pounds I would freely give
*To know on earth, that my Franklin do live**.

C'était *Lady Franklin's Lament*, une ballade qui allait devenir célèbre entre toutes. Jane Franklin devenait une de ces figures de fidélité et d'amour, la femme qui attend, image à la fois vraie et fausse, aussi vraie et fausse que l'avait été la renommée de John après la Coppermine. Poteries ornées du couple séparé, poèmes… En janvier 1850, dans les églises d'Angleterre, 50 000 fidèles prièrent pour le retour de l'expédition. Jane ne se reconnaissait pas dans cette image projetée, elle en était un peu gênée, comme si l'on forçait son être et son intimité, mais en même temps elle accueillait cette célébrité avec naturel, comme une évidence qui pouvait aussi fortifier sa quête. Qui, à l'Amirauté, pourrait désormais lui refuser des navires ?

Jane et Sophia s'établirent dans les Orcades, ces îles tout au nord de l'Écosse d'où venait John Rae. Jane avait proposé à Eleanor de les accompagner. Celle-ci avait refusé.

— Quelle utilité ? avait-elle dit.

— Les Orcades sont les terres les plus au nord du

* « Dans la baie de Baffin, là où soufflent les baleines
Le destin de Franklin, personne ne peut le connaître
Le destin de Franklin, aucune langue ne peut le dire
Lord Franklin, seul avec ses mains habiles.

Et maintenant, mon fardeau me fait souffrir
Pour mon Franklin perdu depuis longtemps, je traverserais le continent
Je donnerais dix mille livres
Pour savoir sur terre que mon Franklin est vivant. »

Royaume. Les baleiniers de l'Arctique ne manquent jamais d'y passer.

Une lueur mauvaise passa dans les yeux d'Eleanor.

— Vous avez envoyé mon père à la mort et vous espérez couvrir votre faute par vos ridicules efforts.

Jane recula sous le coup.

— Que dis-tu ?

— Tout le monde sait, dit Eleanor d'une voix sifflante de haine, que vous avez envoyé mon père dans cette expédition par pure gloriole, parce qu'il avait échoué à Hobart, parce qu'il avait été humilié dans sa charge de gouverneur et renvoyé. Et vous avez voulu qu'il finisse sa carrière en beauté, par la plus grande expédition du siècle.

— C'est lui qui voulait cette mission !

— Sans vous, il ne l'aurait jamais eue. Vous avez plaidé sa cause à l'Amirauté, vous avez écrit au roi, vous avez utilisé votre répugnante *énergie* – Eleanor grimaça de dégoût – pour persuader chacun. Mon père avait l'âge de se reposer.

— Je savais que tu ne m'aimais pas, mais pas à ce point…

— Vous avez pris la place de ma mère, vous avez anéanti jusqu'à sa mémoire, vous avez fait de moi une dame de compagnie, effacée et morne, et vous avez tué mon père ! cria Eleanor. Voudriez-vous récolter autre chose que ma haine ?

Les insultes d'Eleanor poursuivirent Jane jusqu'aux Orcades. Sur un point, elles ne faisaient que conforter son remords : c'était bien elle qui avait insisté pour cette mission. Afin que Franklin, ébranlé par les oppositions en Tasmanie, par les manœuvres du secrétaire de l'administration locale, Montagu, qui s'était vengé de lui jusqu'à mener une campagne en Angleterre auprès du ministre, puisse recouvrer sa dignité *à ses propres yeux*. À ses efforts frénétiques pour retrouver son mari sans doute se mêlaient-ils remords et culpabilité. Bien entendu. Qui était innocent ? Qui l'était *parfaitement* ?

La tante et la nièce avaient loué une chambre dans une petite maison avec vue sur la mer afin de prendre des nouvelles directes des baleiniers qui revenaient des chasses du Nord. Les deux femmes, sur ces îles brumeuses si vite envahies de ténèbres, épiaient le retour des navires. Elles montaient sur les bateaux, discutaient avec ces hommes à l'anglais guttural et incompréhensible. Jane voulait toujours plus de détails. Aucun d'entre eux ne concernait son mari, qu'aucun baleinier n'avait croisé. Mais par-delà les mots et les noms prononcés par ces êtres, par-delà ces îles Melville, Baffin ou Victoria, ce détroit de Lancaster, ces commentaires permanents sur la banquise haute ou basse, par-delà l'effroi de ces gueules couturées par le gel et l'adversité, elle voulait saisir les reflets de ces espaces inconnus qui étaient devenus presque mythologiques pour elle. Tous ces espaces par-delà la vie et la mort qui s'enfonçaient sous la glace et la banquise et qui s'étaient emparés de son mari comme la baleine de Jonas.

Jane devenait frénétique, et la tristesse saisissait parfois Sophia, son double pourtant, emportée par la même quête, drapée comme elle dans des vêtements noirs, comme une veuve, à la voir si obsédée par les ténèbres du Nord, l'esprit comme offusqué par le voile sombre de ces terres nébuleuses qu'elles tâchaient d'apercevoir au-delà des mers.

Les deux femmes étaient devenues des silhouettes familières aux habitants de Stromness. On leur parlait peu, tant elles intimidaient, et les femmes les considéraient avec méfiance, parce qu'elles leur rappelaient leur attente sans fin et la mort toujours crainte. Quand on les apercevait le regard tendu vers l'horizon, elles étaient le visage de toutes ces femmes de marin qui attendaient leur mari. Il y avait dans le crêpe noir de leurs vêtements un rappel qu'on n'aimait pas. Parfois, les femmes détournaient la tête pour ne plus les voir.

Un jour où elles étaient sur la côte, devant l'océan qui semblait en ces îles une chose énorme et immense, un flux écrasant, une jeune femme qu'elles n'avaient jamais vue les aborda. On sentait qu'elle voulait parler mais aucun mot ne sortait de ses lèvres et elle se retenait pour ne pas éclater en sanglots. À la fin, elle tendit naïvement, comme une enfant qui s'abandonne, un papier qui semblait avoir été lu et relu sans relâche. C'était une lettre. Jane la prit et la lut. La jeune femme se mit à pleurer.

La lettre était écrite par un certain Alexander, et Jane tressaillit lorsqu'elle lut le nom *Erebus* : c'était un marin parti avec John. La lettre était écrite en mots simples, aimants et fatalistes, que cette phrase résume : « Si c'est la volonté de Dieu que nous ne nous revoyions jamais, alors je souhaite de tout cœur que nous nous retrouvions au Ciel pour profiter ensemble de la vie éternelle. » Un post-scriptum avait été ajouté : « Lundi soir… Ma chère épouse… Au revoir, au revoir… » Lundi soir : c'était le jour où le bateau d'escorte, le *Barreto Junior*, avait quitté l'*Erebus* et le *Terror* en emportant les dernières lettres.

— Comment s'appelle votre mari ?

La jeune femme pleurait toujours, silencieusement.

— Alexander Wilson, finit-elle par dire.

— Quel âge a-t-il ?

— 27 ans.

— Sa lettre est belle, madame Wilson. Il vous aime et il reviendra, j'en suis certaine.

Le visage de Jane était illuminé de la calme certitude des mystiques. Sophia la considéra avec gêne.

— Nous sommes d'Arcaibh, dit la femme en utilisant le nom gaélique des Orcades. Nous habitons une petite île, dit-elle en haletant, dans un anglais à l'accent difficile. Une île avec des pierres. Il n'y a que deux maisons.

Puis elle se tut.

Elle se mit aussi à regarder vers le large.

Ces trois femmes étaient peut-être les seules à croire en la survie des équipages perdus. Pourtant, à mesure que tout espoir disparaissait, des fragments de l'expédition surgissaient. La recherche des traces ne faiblissait pas. Et une à une, comme des reliques sacrées qu'on serre ensuite dans des musées, ces traces remontèrent du fond des mers, par-delà les murailles de glace.

En 1850, le navire l'*Assistance* repéra sur l'île Devon quelques bouts de vêtements, des boîtes de conserve ouvertes. Sur l'île Beechey toute proche, un homme aperçut un cairn. Tous se précipitèrent : il n'y avait rien, pas de message, pas de document, juste des pierres amoncelées. Mais en cherchant davantage, on aperçut trois tombes et, pour la première fois, trois noms virent leur sort fixé.

John Torrington, le maître chauffeur du *Terror*, était mort le 1er janvier 1846 ; John Hartnell, de l'*Erebus*, trois jours plus tard et William Braine, fusilier marin, le 3 avril. On autopsia les corps. Tous trois avaient été emportés par la tuberculose. La vision du cadavre de Torrington, 21 ans, était la plus bouleversante : dans son cercueil, les copeaux de bois qui entouraient ses cheveux blonds composaient une étrange auréole angélique à sa figure intacte, le front noir et les joues pâles, tandis qu'un rictus figeait sa bouche ouverte sur les dents crispées. Des cordes liaient les bras au corps. On n'avait jamais vu corps plus étrange que cette statue glacée et ligotée qui ressemblait à un saint d'église. Les marins s'écartèrent avec effroi : ils commençaient à comprendre que le Nord n'était pas un espace géographique, mais le lieu d'un sacrifice.

L'*Assistance* poursuivit sa route vers le cap Walker. Le capitaine fut vite persuadé que Franklin n'avait pu naviguer du cap Walker vers le détroit de Béring, car la glace y était impénétrable, intuition qu'un autre indice vint confirmer, découvert par John Rae, un indice minuscule, à la mesure d'une quête sur l'espace immense de l'Arctique.

Sur l'ordre de l'Amirauté, John Rae s'était aussi lancé, pour la deuxième fois, à la recherche de l'expédition, sans Richardson cette fois, trop affaibli. Il partit du continent, du Grand Lac de l'Ours, pour explorer les côtes à la recherche des bateaux disparus et remonter jusqu'à l'île Victoria. Ses méthodes étaient pour l'époque inouïes :

il prenait modèle sur les Indiens Crees et les Inuit. Il se vêtait comme eux et portait des chaussures de peaux. Il avait appris à bâtir un igloo en quelques heures. Tout ce qu'il avait observé chez les hommes de ces régions, il l'imitait ou l'adaptait. À la tête d'une petite expédition de quatre traîneaux, avec des hommes entraînés qu'il faisait marcher la nuit, pour éviter l'aveuglement de la glace et du soleil, il remonta jusqu'à la rivière Kendall, s'embarqua sur deux petits bateaux à travers les rapides de la Coppermine et prit la mer comme Franklin autrefois l'avait fait. Il ne trouva aucune trace et aucun Inuk n'avait vu d'hommes blancs à part eux. Il navigua jusqu'à Parker Bay et là, après avoir marché sur une terre plate et lugubre, il aperçut deux débris d'épaves. Les clous de cuivre qui y fixaient un cordage blanc étaient ceux de la marine royale. Même s'ils avaient dérivé du nord, ces débris accréditaient l'idée que Franklin n'avait pas dépassé le cap Walker.

Rae rentra à Londres avec sa découverte. Il fut fêté, reçut la médaille d'or de la Société géographique royale et son exploit – parcourir 1 600 miles en trente-neuf jours, ce qui n'avait jamais été accompli – fut acclamé. Le peintre Stephen Pearce fit son portrait en héros de l'Arctique, cape jetée sur l'épaule, visage léonin, broussailleux, portrait de trois quarts tout entier fondé sur l'énergie et la force brute, impressions qu'on ne pouvait qu'éprouver en face de l'explorateur.

Jane revint à Londres. Entre-temps, elle avait vendu la maison de Bedford Place, trop grande, trop chère, d'autant qu'elle se ruinait dans les différentes expéditions de recherche, dont elle finançait toujours une partie.

Elle avait choisi un appartement à proximité de l'Amirauté, sa vie désormais confondue avec l'obsession de la Recherche, comme on appelait désormais la quête de Franklin.

Elle invita Rae chez elle. Il entra dans l'appartement et, dans cet espace plus réduit que Bedford Place, elle éprouva avec plus de gêne encore le sentiment de sa vigueur et de son incongruité. Trop puissant, avec cette forme de brutalité affleurante, il était déplacé dans cet appartement comme il l'était à Londres.

Elle lui expliqua qu'elle revenait des Orcades. Il l'observa avec attention. Elle avait vieilli depuis leur dernière rencontre, sa peau était plus pâle et plus parcheminée. Il savait ce qu'avait été cette femme et il connaissait le portrait d'elle, à 24 ans, fixant à jamais sa sensualité nerveuse.

Et puis elle se lança.

— Vous êtes le seul à pouvoir retrouver John. Les gens ont l'habitude de vous charger de tâches dont les autres ne sont pas venus à bout.

Il sourit avec froideur.

— Parce qu'ils me méprisent peut-être ?

Jane resta interdite.

— Parce qu'ils vous admirent, bien sûr. Parce que vous n'avez pas d'égal. Vous seul pouvez affronter ces terres hostiles.

— Cela revient au même, dit John Rae. Ces gens-là me méprisent et m'envoient comme un domestique là où ils ne veulent pas aller. Je ne fais pas partie de leur monde. Je suis un Écossais, et pire, un Écossais des Orcades, une partie du Royaume dont ils ignorent même le nom.

Son ton était amer.

— Vous venez d'être acclamé ! répliqua Jane.

— Comme un sauvage qu'on conduit en société. Comme un ours dont une lanière traverse le nez et qu'on fait danser au son de la cornemuse. Et je peux vous jurer que, si un jour j'échoue, tout le monde me tombera dessus et on me renverra comme commis à la Compagnie de la baie d'Hudson.

— Vous n'échouerez pas. Vous n'êtes pas de ceux qui échouent. Et quand bien même, je vous promets que je vous soutiendrai à la face du monde.

Rae observa la femme devant lui, son expression était sarcastique. Puis son regard se tourna vers le feu allumé dans la cheminée.

— Il fait chaud et bon ici. Vous avez un bel appartement. J'ai 37 ans, lady Franklin – il insista avec un peu d'ironie sur le mot *lady* –, moi aussi, j'aimerais avoir une maison, un foyer. Je voudrais me marier, retourner voir ma famille aux Orcades. Et au lieu de cela, vous me demandez de revenir sur les terres les plus froides de la planète.

Il s'interrompit.

— Vous ne savez pas ce que c'est, poursuivit-il d'une voix sombre. Ce n'est pas une terre inhospitalière. C'est une terre *ennemie.* Au sens propre. Le froid, la glace, le vent y sont des armes furieuses et la blancheur qui y règne est celle de la mort. C'est une blancheur qui vous fait pâlir de terreur avant de vous saisir et de vous tuer. Personne n'a conscience de ce vide. Vous tous, vous êtes dans vos salons, dans vos bureaux... dans de belles maisons, à l'Amirauté, à la Société géographique royale...

et vous voulez me faire basculer dans le vide, dans ce vide qui est ce qu'on peut imaginer de plus effrayant au monde.

Jane s'était redressée d'un air impérieux.

— Monsieur Rae, je vous le répète, vous êtes le seul à pouvoir affronter ce monde. Parce que vous le connaissez intimement, et parce qu'il n'y a pas un homme sur un million qui possède votre résistance. Ce vide, cette blancheur dont vous parlez, mon mari l'affronte en compagnie de 124 hommes depuis huit ans. Il n'a pas 37 ans mais plus de 60, et il est bien loin d'avoir votre vigueur. Les hommes qui l'accompagnent sont presque tous des jeunes gens entre 20 et 25 ans. Est-ce que vous allez tous les laisser mourir ?

— Beaucoup sont déjà morts.

— Peut-être, mais s'il y a des survivants, allez-vous les abandonner ? Je peux vous supplier à genoux, si vous le désirez, si vous voulez que cette société qui vous méprise, paraît-il, se mette à vos pieds, mais songez aussi que toutes les familles de ces marins, ces familles beaucoup plus pauvres que la vôtre, ces familles dont certaines habitent aussi les Orcades d'ailleurs, s'agenouilleraient aussi à vos pieds si elles étaient là. La société de cette ville est sans doute cruelle et dédaigneuse, mais nous parlons ici de jeunes gens qui se sont embarqués parce qu'ils étaient payés deux fois plus que pour une expédition normale. Parce que l'argent était envoyé directement à leur famille. Torrington avait 21 ans et il devait se marier. Il y a d'autres Torrington à sauver, monsieur Rae !

Rae la contempla avec admiration.

— Dieu sait que vous savez parler, lady Franklin. Et si la femme est un tel homme, que doit être votre mari ? Ne vous inquiétez pas, je partirai à la recherche des deux navires. Tout ce pays m'en donne l'ordre. Mais peut-être me détesterez-vous lorsque je rapporterai la vérité.

3

En 1854, John Rae repartit avec sept hommes et un équipement léger. De nouveau, il passa par le Canada, remonta la rivière Back et, refaisant avec ses hommes le trajet qui avait conduit l'expédition Coppermine à la mort, il traversa les Barren Grounds, ces terres stériles où Franklin et les siens avaient déjà connu la famine. Mais Rae n'errait jamais, ne se trompait pas et ses hommes avaient toute confiance en lui. Leur équipement était adapté aux températures extrêmes, jusqu'à – 60 °C, ils dormaient dans des igloos qu'ils bâtissaient en une heure et même si eux aussi pénétraient cette brume des superstitions et des rêves qui engloutit l'Arctique, ils n'éprouvaient aucune peur.

Au printemps, ils parvinrent à la péninsule Boothia, non loin de l'île du Roi-Guillaume, et dans la baie de Pelly, Rae fit la rencontre de deux Inuit. L'un d'eux portait un ruban doré.

— D'où vient ce ruban ? demanda-t-il en le désignant du doigt.

L'interprète Ukpik traduisit.

— De là où sont morts les hommes blancs, répondit celui qui s'appelait Inukpuiijuq.

John Rae tressaillit.

L'homme n'avait pas vu lui-même les corps. C'était un groupe de *Kabloonas* (« hommes blancs »), dit-il, morts à l'ouest, par-delà « la grande rivière », ce qui pouvait renvoyer à l'île du Roi-Guillaume, une île mal cartographiée mais déjà explorée sur sa côte ouest, avec plusieurs caps et baies connus et nommés.

Était-ce l'expédition Franklin ? Sur cette île ?

Devant les détails qu'on lui demandait, Inukpuiijuq montra qu'il ne savait rien de plus. Il dit toutefois que d'autres hommes sur la péninsule en sauraient davantage et que certains avaient même rencontré en personne les hommes blancs. Rae comprit qu'ils étaient proches de la vérité.

Plusieurs semaines plus tard, ils découvrirent les traces d'un traîneau. Ils s'élancèrent à sa poursuite et finirent par rattraper un groupe de dix-sept hommes et de femmes. Ceux-ci ne manifestèrent aucune surprise devant leur apparition alors même que la plupart n'avaient jamais vu d'hommes blancs. Ils contemplèrent d'un air un peu dégoûté ces faces pâles, reniflant deux ou trois fois comme s'ils respiraient une odeur nauséabonde, puis leur tendirent deux cuillères d'argent qu'ils entendaient vendre. Rae s'empara des cuillères. Elles portaient le poinçon des couverts de la marine royale avec les initiales « F.M.R.C. » (Francis Rawdon Moira Crozier). La voix rauque, John Rae interrogea l'assistance.

— Comment avez-vous eu ces objets ?

Il y eut plusieurs réponses assez confuses que Rae ne comprit pas bien. Puis plusieurs hommes et femmes se joignirent à la discussion, avec la même confusion, d'autant que Rae ne possédait que quelques mots d'inuktitut, de sorte qu'Ukpik traduisait chaque fois, tout en discutant lui-même afin de faire émerger un sens de ce chaos. Et voici le récit qui surgit, qui devint la matière du célèbre et terrible rapport de John Rae :

Quatre hivers plus tôt, en 1850, à l'époque du printemps, plusieurs familles inuits chassant le phoque sur une grande île nommée Kikiktak (la terre du Roi-Guillaume pour les Anglais) avaient rencontré une quarantaine d'hommes voyageant ensemble sur la glace vers le sud, traînant une chaloupe et des traîneaux. Ils progressaient le long de la rive ouest de l'île. Aucun d'entre eux ne parlait assez bien l'inuktitut, mais par signes les autochtones avaient compris que le navire ou les navires avaient été écrasés par les glaces et qu'ils tentaient de se rendre à un endroit où ils pensaient trouver des caribous pour se nourrir. Tous étaient dans un état de grande faiblesse et se traînaient en tirant les cordages d'un traîneau, à l'exception d'un officier d'âge moyen, grand et corpulent, qui marchait un peu à l'avant des autres (à la description, Rae reconnut Crozier). Les provisions, semble-t-il, commençaient à manquer et ils auraient alors acheté un petit phoque ou une partie d'un phoque aux autochtones. À la fin de la journée, ils montaient des tentes pour y dormir.

— Avez-vous vu un homme plus âgé, sans cheveux ou presque ? demanda Rae.

Les Inuit ne comprirent pas. L'interprète désigna le plus vieil homme du groupe.

— Comme cet homme, plus vieux que cet homme mais sans cheveux.

Il y eut un murmure étonné.

Rae fit venir un de ses hommes, dégarni malgré sa jeunesse. Il lui écrasa ses rares cheveux sur le crâne et se retourna vers le groupe qui l'entourait. Il y eut des dénégations. Personne n'avait entendu parler d'un vieil homme dans le groupe.

Sans que Rae comprenne pourquoi, le groupe s'ouvrit sur un petit homme, très jeune. Il y eut un silence.

— Tu as rencontré les hommes blancs ?

Le jeune homme ne répondit pas. Les autres le regardaient avec respect. L'interprète répéta la question. Le jeune homme parla. John Rae ne saisit que quelques mots. Ukpik traduisit.

— Il dit qu'il s'appelle Anuki. Qu'il a fait un voyage par-delà la grande rivière, il y a quatre hivers aussi, mais plus tard au cours de la même saison. Il a découvert les corps d'une trentaine de personnes ainsi que des tombes.

Rae comprit que la grande rivière était la mer. Il posa d'autres questions. Une conversation réticente sembla s'engager entre le jeune homme et l'interprète, qui la retranscrivit ensuite par ces mots :

— Certains corps se trouvaient sous une tente, d'autres sous une chaloupe qui avait été retournée pour former un abri et d'autres étaient éparpillés dans des directions diverses.

Aux questions suivantes, Anuki, le visage sombre, ne répondit pas. John Rae était certain que l'Inuk en savait davantage. N'obtenant rien, il dévia la conversation sur la découverte des corps. Avec la même réticence, Anuki dit que les cadavres avaient été partiellement dévorés.

— Quels animaux vivent là-bas ? demanda John Rae.

Devant les regards baissés, Rae comprit immédiatement qu'il faisait fausse route. Il secoua la tête.

— Vous en êtes certain ?

Anuki ne répondit pas.

Un Inuk expliqua qu'on avait retrouvé des restes humains bouillis dans une botte. La nausée submergea Rae. Puis on lui présenta, en plus des deux cuillères d'argent, une fourchette aux mêmes initiales « F.M.R.C. » et même un plat sur lequel était gravé « Sir John Franklin K.C.B. » – le grade de chevalier commandeur. La main de John Rae se mit à trembler lorsqu'il saisit le plat. Puis de l'argenterie appartenant aux officiers. Un maillot de corps. Rae acheta l'ensemble.

Avant de repartir, il essaya de faire de nouveau parler celui qu'on appelait Anuki. Le jeune Inuk se trouvait à côté d'une femme du nom de Tjani.

— Avez-vous vu des hommes blancs encore vivants ?

Anuki, comme d'habitude, ne répondit pas. La jeune femme eut une expression inquiète.

— Je suis certain que vous en savez davantage. Vous avez vu les bateaux, c'est ça ?

Anuki détourna la tête puis s'éloigna. Les deux hommes restèrent silencieux, en compagnie de Tjani.

— Anuki est un brave, dit Tjani.

Et comme si, par ces mots, elle avait tout dit, elle leur tourna le dos.

À ce moment, Rae entendit le bruit d'une claque. Un de ses hommes venait de gifler un Inuk.

— Il voulait nous voler des biscuits.

Au soir, Rae devait se rendre compte qu'on leur avait volé plusieurs livres de biscuits et de la graisse. Il n'eut pas le temps de s'énerver parce que l'interprète Ukpik s'était enfui.

— Il a dû vouloir rejoindre le groupe, dit quelqu'un.

— Il n'a pas pu aller bien loin, dit Rae.

Ils se lancèrent à sa poursuite. Personne ne pouvait se passer d'un interprète dans ces contrées. Et au bout de quatre ou cinq miles, Ukpik fut retrouvé. L'interprète, en voyant les hommes blancs, se mit à trembler et à pleurer, expliquant qu'il avait été malade et que pour cette raison il avait voulu s'éloigner du groupe. Et en effet, il se mit à vomir affreusement. C'était du phoque qu'il avait volé, sans doute pour l'offrir au groupe, sans pouvoir s'empêcher d'en manger.

Rae ne se donna pas la peine de vérifier les témoignages inuits en allant sur l'île du Roi-Guillaume. Même si Anuki n'avait pas voulu donner de détails, les objets achetés étaient la preuve du destin de l'expédition Franklin. Ils étaient morts en tentant de rejoindre la rivière du Gros-Poisson, dite aussi rivière Back, sur le continent canadien après avoir été prisonniers des glaces près de l'île du Roi-Guillaume. Aucune autre possibilité n'était envisageable.

Revenu sur le continent canadien, dans une de ces cabanes de la Compagnie de la baie d'Hudson qu'on baptisait pompeusement du nom de fort, John Rae rédigea le rapport de sa découverte, rapportant une « fin aussi triste et horrible qu'on puisse l'imaginer ». À un moment, il écrivit une phrase, la biffa, l'écrivit de nouveau, refit toute la page. Puis il s'arrêta. Il savait ce qui allait se passer. Il pensa à Jane Franklin. Il pensa à plusieurs Anglais qu'il avait rencontrés à Londres et qui lui avaient parlé avec cette amabilité hautaine et condescendante qu'il haïssait. Il haussa les épaules puis d'un seul mouvement écrivit la phrase suivante : « D'après les mutilations constatées sur de nombreux corps et le contenu des gamelles, il ne fait guère de doute que nos malheureux compatriotes en furent réduits aux dernières et effroyables extrémités pour tenter de survivre. »

À peine arrivé à Londres, en octobre 1854, Rae se rendit à l'Amirauté où le premier lord, sir James Graham, le reçut. L'explorateur produisit les vestiges de l'expédition Franklin, qu'il étala sur le bureau du ministre. Celui-ci, silencieux, les observa avec émotion.

— Ils sont morts ? Tous morts, pensez-vous ?

John Rae hocha la tête.

— Nous le pensions mais en contempler ainsi la preuve, c'est bien autre chose. Avez-vous repéré des corps ?

— Aucun. Je fais confiance aux témoignages des indigènes rencontrés. Il n'y a aucune raison qu'ils se trompent.

— Vous pouvez être sûr que cela vous sera reproché. Nos contemporains sont méfiants.

— Sans doute.

John Rae fit un pas de côté, gêné.

— Il y a un autre point, ajouta-t-il.

— Lequel ? fit Graham, les yeux fixés sur les objets étalés.

— Je pense… je suis certain même… que les deux équipages sont morts dans d'atroces conditions…

— N'en doutons pas. Cela a dû être affreux, dit Graham.

— Et lorsque des hommes affrontent ces conditions, il est possible qu'ils en soient réduits… aux dernières extrémités.

Graham cessa de regarder les objets. Son œil froid se fixa sur Rae.

— Que voulez-vous dire, Rae ?

— Ils se sont dévorés entre eux.

— Pardon ?

Le regard de Graham se durcit.

— C'est ce que vous avez écrit dans votre rapport ?

— Oui.

— Vous êtes fou, mon garçon. Ce propos est inacceptable. Vous prenez les Anglais pour des sauvages. Aucun Anglais ne se livre au cannibalisme, même aux pires extrémités. Ce que vous dites est absurde. Ne dites plus jamais des insanités pareilles, conclut sèchement Graham. Ce rapport restera heureusement à l'Amirauté.

Rae rougit.

— J'ai envoyé ce rapport au *Times*.

Graham garda longuement le silence.

— Dans ce cas, monsieur Rae, c'est la fin de votre carrière.

Et il lui tourna le dos.

Le lendemain, le *Times* publiait le rapport. Ce fut un coup de tonnerre. La phrase de Rae fut ensuite reprise par tous les journaux du pays dès le surlendemain, puis par la plupart des journaux d'Europe. Tous les articles condamnèrent l'explorateur d'avoir cru aux propos des sauvages, qui étaient probablement eux-mêmes les cannibales et s'étaient déchargés de leur faute sur les morts. Comment un Anglais aurait-il pu se livrer au cannibalisme ?

La nuit précédant la publication, à 2 heures du matin, Jane reçut le rapport. La tante et la nièce, prévenues, étaient restées debout.

— Je ne peux pas, Sophia, je ne peux tout simplement pas, dit-elle.

— Voulez-vous que je vous le lise, ma tante ?

« Aucun mot ne saurait traduire l'horreur de cette nuit », devait-elle plus tard déclarer. Et en effet, dans la chambre à peine éclairée d'une petite lampe, la voix tendue, parfois tremblante, de Sophia décrivait ce qui ne peut être décrit.

Jane ne dormit pas cette nuit-là. Au matin, elle se baigna et jeta ses robes noires, en demandant à Owen de les brûler. Elle enfila une robe verte, se para de bijoux et attendit John Rae.

Lorsque Owen ouvrit à celui-ci, Jane Franklin marcha vers l'explorateur d'un pas rapide, sans même le saluer.

— On m'a lu votre rapport, monsieur. D'où tenez-vous ces infamies ? Les sauvages que vous fréquentez vous ânonnent des ragots et vous y croyez, vous les écrivez ! Et on me dit qu'un journal va le publier. Honte à vous, monsieur. Vous êtes répugnant. Vous avez voulu la renommée qu'on vous refusait, vous n'aurez que l'humiliation et le déshonneur. Sortez de chez moi et que je ne vous revoie plus jamais.

John Rae se redressa de toute sa taille.

— Je vous avais prévenue, madame, que vous me détesteriez.

Jane lui avait déjà tourné le dos.

Elle fit les cent pas toute la journée dans la maison. Un moment, Sophia la retint.

— Croyez-vous à la mort de Franklin ?

— Rien ne la prouve, dit Jane d'un air impérieux.

Et elle quitta la pièce.

Dix minutes plus tard, elle revenait vers Sophia.

— Je n'y crois pas. Je suppose que je me mens à moi-même et qu'avec ces vestiges Rae apporte la preuve de sa fin. Mais quelque chose en moi me dit toujours qu'il n'est pas mort, qu'il ne peut l'être. Il est mort trois fois et trois fois il est revenu d'entre les morts. Trois fois déjà.

Elle répétait sa phrase préférée comme on s'accroche à un radeau.

— Peut-être que les êtres ne meurent pas tant qu'on croit en leur vie, dit Sophia.

Les yeux de Jane s'agrandirent démesurément.

— Il faut faire taire John Rae. L'Amirauté prendra prétexte de ce rapport pour arrêter les recherches. Cela leur coûte trop cher.

— L'Amirauté ne soutient pas Rae.

— Pour le cannibalisme, certainement pas, et c'est heureux ! Mais pour le reste, je suis sûre qu'ils en tireront parti. Cela fait bien longtemps qu'ils me répètent que personne n'a pu survivre à huit années dans l'Arctique.

Sophia n'avait pas plus dormi que sa tante. Elle

se mit à pleurer. Agacée et incrédule, Jane l'observa fixement.

— Je connais un homme capable de faire taire John Rae.

Et elle sortit en claquant la porte du bureau.

4

L'homme entra avec méfiance dans l'appartement. Owen lui ôta son manteau. Il était âgé d'une quarantaine d'années. Ses cheveux bouclés plaqués sur son crâne pour l'occasion, son bouc effiloché, ses cernes profonds et son costume un peu trop large ne plaidaient pas en sa faveur, mais Jane Franklin se précipita vers lui avec un immense sourire. Elle était vêtue de vert et de rose.

L'homme renifla.

Le sourire de Jane s'accentua encore.

— Quel honneur ! dit-elle.

— L'honneur est bien évidemment pour moi, répondit l'homme, de mauvaise grâce.

— La visite du célèbre auteur des *Papiers posthumes du Pickwick Club* et d'*Oliver Twist* ne peut être que le plus grand honneur qu'une femme comme moi puisse espérer.

— De *David Copperfield* aussi, fit Charles Dickens d'un air mécontent.

— De *David Copperfield* aussi, bien entendu, s'empressa de répéter Jane.

L'écrivain renifla en scrutant autour de lui d'un air méfiant. Jane le précéda au salon, qu'il examina avec la même attention, enregistrant chaque détail. Puis il renifla une nouvelle fois et s'assit.

— Quel bonheur que vous ayez pu répondre à mon invitation ! fit Jane. Et quel dommage que votre femme n'ait pu se joindre à nous !

Jane savait que Dickens avait voulu faire interner sa femme Catherine à l'asile. L'homme roula des yeux affolés.

— Oui, oui, bien sûr, elle est malade. Enfin, un rhume bien sûr, rien de grave, mais l'épuisement, vous savez… Les charges d'une maisonnée, c'est tellement épuisant.

— Bien entendu. D'autant que vous avez beaucoup d'enfants, m'a-t-on dit.

— En effet, en effet. Huit. Ou neuf. Oui, neuf. Enfin je pense. Quel bonheur, n'est-ce pas, que la vie de famille ! dit l'écrivain en croisant les jambes.

— C'est certain. Bien que je n'aie pas d'enfant et que mon mari soit porté disparu depuis huit ans, précisa Jane.

— Oui, oui, bien sûr, c'est cela, fit Dickens, un peu désarçonné. Quel malheur ! Quel grand malheur ! L'Angleterre est en pleurs. N'est-ce pas ?

Owen apporta du porto. Jane, qui détestait ce qu'écrivait, avec son grotesque sentimentalisme, disait-elle, Charles Dickens, avait été frappée par l'usage du porto dans ses romans. Comme elle y voyait la marque de l'arrivisme de l'auteur – après tout, cet homme n'était-il pas le petit-fils de domestiques et le fils d'un repris de justice, emprisonné pour dettes ? –, elle avait fait commander les vins qu'on trouvait dans les milieux bourgeois de ses romans : porto, sherry et bordeaux. Elle-même préférait le whisky, mais ce soir-là il valait mieux s'abstenir.

Dickens contempla avec un mélange de méfiance et d'avidité la robe grenat de son porto puis en prit une gorgée qui sembla le ravir.

— Oui, quel grand malheur ! dit-il en faisant claquer sa langue.

Jane le contempla avec stupéfaction. Elle avait toutefois une mission à accomplir.

— Vous êtes un grand voyageur, monsieur Dickens.

— C'est exact, madame. Je suis allé en France.

— Incroyable !

— Oui. J'y ai rencontré de grands artistes. Victor Hugo par exemple.

— Quelle chance ! Cette rencontre de deux génies devait être si impressionnante !

— Oui, impressionnante en effet.

Dickens se souvint combien Hugo lui avait donné le sentiment d'être un vrai génie et combien il s'était senti intimidé en face de lui, dans le propre salon de l'écrivain, tout entier tendu de rouge. Le grand front de l'écrivain, presque démesuré, lui avait fait peur, autant que sa femme et sa bizarre fille, celle qu'on appelait Adèle, qui le regardaient fixement avec un air à cacher des poignards sous leurs jupes.

— Victor Hugo a un très grand… très grand… salon, ajouta Dickens. Et lui-même est très intéressant, bien sûr, de la tête aux pieds.

— De la tête aux pieds ? fit un peu sèchement Jane.

— Pour sûr, oui. Et son salon est exceptionnel, on dirait un magasin d'antiquités, dit l'écrivain avec un petit rire, faisant allusion à son propre livre.

Jane sourit poliment.

— Passons à table. Cette conversation est si passionnante que j'en oublie tous les usages.

Elle avait commandé du bœuf à la cuisinière. David Copperfield mangeait du bœuf avec délectation. Et comme on lui avait dit que ce personnage était une sorte de double autobiographique…

— Du bœuf ! fit Dickens. Mon plat préféré !

Et il se rua à table.

— Mais vous n'avez pas seulement voyagé en France ! Vous êtes allé aussi sur le Nouveau Continent.

— Bien sûr, bien sûr, fit Dickens en mangeant goulûment. L'Amérique, le Canada. Je suis un grand voyageur, un très grand voyageur. Et ce voyage fut un triomphe pour moi. J'y ai été reçu comme un prince, comme un empereur.

— Vraiment ?

— Absolument, dit l'auteur en piquant une pomme de terre supplémentaire dans le plat. Presque comme Victor Hugo, ajouta-t-il avec un peu de mélancolie.

— Je n'aime pas beaucoup les Américains, dit Jane.

— Qui les aime ? Ils sont vulgaires et stupides, renchérit Dickens en buvant un grand coup de vin de Bordeaux. Ils crachent leur chique en public. On se demande comment ils ont pu même lire mes œuvres.

— Leur délicatesse a dû leur échapper.

Dickens, jusque-là plongé dans son plat, lui jeta un

coup d'œil. Fallait-il discerner de l'ironie dans cette phrase ? Il décida que non.

— À l'évidence !

Et il se replongea dans son plat.

— Pourtant, poursuivit-il en mâchant sa viande, j'étais plein d'espoir en me rendant en Amérique. Cette démocratie, pensais-je, a beaucoup à nous apprendre. En réalité, ce ne sont que des marchands d'esclaves. La façon dont ils traitent les Noirs est une horreur absolue.

Pour la première fois, Jane le considéra avec intérêt.

— Vous avez visité les États esclavagistes ?

— Absolument, lady Franklin. Absolument. Et je ne m'en suis pas remis. Vous parlez d'une démocratie. Je n'ai jamais rien vu d'aussi horrible en ce monde. Et puis, ce refus du copyright ! ajouta-t-il en reprenant du vin. Ils me volent mes livres, c'est un vrai scandale ça encore !

— Les Américains ne pensent qu'à l'argent, c'est bien connu.

— Bien connu, oui. Ils vendraient leurs parents pour une poignée de dollars. Et puis cette vulgarité. Cette façon qu'ils avaient de m'empoigner, cette familiarité, comme si nous avions élevé leurs vaches ensemble.

— Ce voyage semble avoir été une redoutable épreuve, dit Jane avec un peu d'amertume.

— Ah ça pour sûr. Mais les chutes du Niagaro, ça c'est quelque chose.

— Les chutes du Niagara, me semble-t-il.

— Niagara, pour sûr. Vraiment ça, c'est du jamais-vu. Une énormité. À côté de ça, Westminster, c'est du pipi de chat, affirma Dickens en contemplant avec une vague stupeur son verre vide.

— Du pipi de chat ?

Dickens ne releva pas l'interrogation de son hôtesse. Dans son esprit embrumé par la chaleur et la boisson, le pipi de chat voisinait étrangement avec le bordeaux qu'il aspirait à boire de nouveau.

— Ce vin est excellent, murmura-t-il.

Owen remplit de nouveau le verre de Charles Dickens.

— Puisque vous connaissez le Canada, vous avez une idée des épreuves endurées par mon mari.

— Bien sûr, bien sûr. La Coppermine. Un récit terrifiant. Je l'ai lu, bien entendu. Comme tout le monde.

— John a survécu à la Coppermine. Comme il survivra à son épreuve actuelle. Il reviendra parmi nous.

Comme la plupart des Anglais, Dickens était d'avis que Franklin était mort depuis longtemps.

— Je l'espère, lady Franklin, je l'espère, dit-il prudemment.

— Voyez-vous, je sais qu'il n'est pas mort. Je le sais intimement, dit Jane d'un ton sévère.

Et elle ouvrit démesurément les yeux, comme elle savait si bien le faire, à la façon d'une héroïne de tragédie.

Dickens hocha la tête, un peu dégrisé, en regardant Jane Franklin. Il se sentit mal à l'aise. Comme chez Victor Hugo. Il jeta un coup d'œil à la domestique.

— Comment en êtes-vous sûre ?

— Parce que je le sais. Parce que j'ai vu mon mari en rêve. Et j'ose vous le dire, malgré la honte que j'en éprouve, des voyantes m'ont affirmé qu'il était vivant et qu'il reviendrait.

— Des clairvoyantes ? fit Dickens, brutalement dégrisé.

— Des voyantes, oui, dit Jane, agacée.

— J'ai moi-même perdu ma belle-sœur…

— Je n'ai pas perdu mon mari, le coupa Jane.

— Oui, obtempéra Dickens. J'ai quant à moi perdu ma belle-sœur, Mary, qui n'avait que 17 ans. Elle vivait à la maison. Elle était venue aider sa sœur, débordée par les charges de la maternité. Elle est morte dans mes bras.

Son ton avait changé et, soudain, Jane eut le sentiment d'avoir un autre homme en face d'elle.

— Elle est morte après une nuit de souffrance, poursuivit Dickens. Elle était d'une santé parfaite, gaie comme toujours, et tout d'un coup, en montant dans sa chambre pour la nuit, elle a eu un malaise. Son agonie a duré toute la nuit. C'était la jeune sœur de ma femme. Je l'aimais plus que tout. Son image ne me quitte jamais.

Jane jeta un coup d'œil à la bague féminine que Dickens portait au doigt.

— Je la porte depuis sa mort, en témoignage de fidélité et d'allégeance, répondit Dickens à son regard.

— Mon mari porte au doigt une bague depuis Trafalgar, en hommage à l'amiral Nelson. Il a été un des soixante à recevoir au service funèbre de l'amiral, à Saint Paul, après la bataille, la bague gravée qu'il a conservée toute sa vie bien sûr, comme vous.

— J'ai entendu parler de cette bague. Il y a une inscription dessus, non ?

— « Glorieusement tombé le 21 octobre 1805, dans l'action contre la flotte combinée de France et d'Espagne. »

— N'est-ce pas sinistre ? demanda Dickens. Porter à

son doigt la mention de la mort d'un homme depuis l'adolescence.

— Pas plus que porter la bague d'une morte. John a toujours considéré cela comme un immense honneur.

— J'ai rêvé de Mary toutes les nuits pendant des mois, dit pensivement Dickens.

— Je rêve très souvent de mon mari.

— Je n'ai jamais aimé quelqu'un plus profondément que Mary.

— Je n'ai jamais aimé quelqu'un plus profondément que John.

— J'ai donné le prénom de Mary à ma première fille.

Jane frissonna.

— Alors vous savez ce que j'éprouve, monsieur Dickens. Et j'ai besoin de vous, de votre énergie et de votre plume.

Étonné, Dickens l'observa, un peu inquiet. L'excessive énergie de cette femme l'effrayait.

— Un certain John Rae a répandu des abominations sur le compte de mon mari.

— Je connais John Rae. C'est un grand explorateur.

— Je ne crois pas, dit Jane d'un ton sec, les yeux brillants, en se penchant vers son interlocuteur (Dickens, un peu effrayé, recula). M. Rae est un affabulateur. Il a osé affirmer, sur la foi des témoignages de sauvages, que les équipages de l'*Erebus* et du *Terror* avaient succombé au cannibalisme ! Des Anglais ! Et des Anglais dirigés par mon mari ! J'ai besoin de vous pour anéantir ses mensonges. Vous n'êtes pas seulement un immense écrivain, monsieur Dickens, vous êtes aussi un merveilleux polémiste, vous possédez votre propre journal. Il faut détruire John Rae.

Dickens ouvrit de grands yeux.

— Détruire John Rae ? Un homme qui a monté trois expéditions pour secourir votre mari ?

— Pour sa propre gloire, voilà tout. C'est un marchand de fourrures qui a voulu devenir célèbre. Regardez : même le fameux Dickens le connaît.

Un peu vexé de ne plus être immense, Dickens hocha la tête.

— Il est certain que ces accusations de cannibalisme sont surprenantes…

— Surprenantes… elles sont terrifiantes, vous voulez dire ! Criminelles, même. Mais *Household Words* se chargera de lui faire ravaler ses propos ! dit Jane en se levant.

C'était le nom du journal de Dickens. Celui-ci se replongea avec un soupir résigné dans son verre de bordeaux.

5

Le lendemain matin, à Tavistock House, Dickens ne prit pas de petit déjeuner. Sa tête était lourde et il avait mangé trop de bœuf.

« Si j'avais le pouvoir d'oublier, j'oublierais », se dit-il, répétant ainsi une formule qu'il affectionnait. Et Jane Franklin aurait mieux fait d'oublier son mari. Qui pouvait bien survivre au milieu de l'Arctique ? Il devait être mort depuis des années. Même s'il avait mangé deux ou trois cadavres…

En fait, Dickens ne croyait pas à cette histoire de cannibalisme, qui lui paraissait un peu trop mélodramatique. Même lui, qui adorait les grosses ficelles, n'aurait pas osé. Les Esquimaux étaient de très mauvais auteurs, à l'évidence, et Rae un spectateur très crédule.

Il soupira. Il fallait maintenant s'exciter sur une feuille. Le tonnerre, les orages de l'indignation… comme c'était fatigant ! Si seulement il n'avait pas bu autant de bordeaux la veille… Il se sentait si gêné devant l'autorité de cette femme ! Pire que chez Victor Hugo… Elle l'aurait lacéré s'il avait refusé l'article sur Rae… L'article… Il en faudrait au moins deux pour frapper l'opinion… Et des gros, des longs, des bavards…

Il se mit au travail. Il commença par vanter le courage et l'honnêteté de John Rae. Après tout, la veuve se montrait bien ingrate. L'Écossais était quand même allé jusqu'en Arctique pour retrouver son mari. Ce n'était pas une partie de plaisir.

Puis il s'échauffa.

« On peut considérer que le Dr John Rae a établi par le muet mais solennel témoignage des reliques qu'il a rapportées au pays… »

Dickens sourit : « le muet mais solennel témoignage des reliques ». Pas mal, pas mal.

« … que sir John Franklin et ses hommes ne sont plus. »

Il hésita. Jane Franklin allait ouvrir les yeux de cette façon terrible qui lui faisait peur. Puis il poursuivit. On ne pouvait tout de même pas nier l'évidence.

« Mais il n'y a pourtant pas de raison, pour tous ceux qui portent le plus profond et le plus digne intérêt à cette malheureuse expédition, de croire qu'aucun de ses membres prolongea son existence en recourant à l'affreux expédient de dévorer les corps des compagnons morts. »

Il renifla, satisfait. C'était très bien. Poser la thèse dès le début, c'était le secret. Le grand public devait tout de suite comprendre où on allait. Pas de détours, pas de bavardages. On pouvait bavarder après, pas au début. Du net et du clair.

« Même en mettant de côté le fait qu'on ne puisse accorder la moindre confiance aux paroles des Esquimaux – comme me l'ont appris mes nombreux voyages en leur contrée lointaine… »

Il se demanda s'il n'exagérait pas. Peut-être faudrait-il supprimer cette affirmation. On verrait plus tard…

« … je crois pouvoir montrer que bien des arguments, ainsi que de proches exemples, s'opposent absolument à la moindre croyance que des hommes de la trempe des officiers et marins de ces deux navires, même réduits aux dernières extrémités de la faim, aient pu alléger leurs souffrances par cet horrible moyen. »

Dickens considéra ce paragraphe. Tout cela était bon. En grand écrivain qu'il était, immense même, il décida de commencer par cet exorde et de parler plus tard de John Rae. Après tout, là était l'essentiel : interdire à quiconque de croire à une telle absurdité. Il haussa les épaules : des Anglais se rendre coupables de cannibalisme ! Absurde ! Tout ça à cause des bavardages d'une poignée de sauvages.

Une idée lui vint : pourquoi ne pas parler de l'expédition de la Coppermine où l'unique mangeur d'hommes fut un Indien, aussitôt châtié d'une balle dans la tête ? Ne fallait-il pas plutôt comprendre que les sauvages avaient eux-mêmes assailli et assassiné les Anglais affaiblis ?

Une phrase se forma dans sa tête, qu'il nota aussitôt : « Parce qu'ils sont morts, nous devons chérir leur mémoire. »

Et juste après il imagina la suite, avec une anaphore qui lui sembla du meilleur effet. Puis, comme échauffé par ses propres mots, toute la péroraison s'imposa à lui.

« Parce qu'ils sont morts pour servir leur pays, ils peuvent exiger de lui, davantage que quiconque sur cette terre, justice et amour. Parce que Franklin ne peut plus revenir pour écrire l'histoire de leurs malheurs, parce qu'ils gisent dispersés sur ces arpents de neige, et qu'ils sont tout aussi sans défense contre le souvenir qu'ils laisseront aux générations à venir que contre les éléments et les vents d'hiver, chérissez-les doucement. N'enseignez à personne à frémir sans raison à l'histoire de leur fin. Ainsi, ayez confiance en leur fermeté d'âme, leur sens du devoir, et leur religion. »

— Boum ! fit-il.

C'était la fin de Rae. Il se sentit un peu désolé pour l'explorateur, mais, puisqu'il s'agissait de devoir patriotique, se mit à rédiger d'une plume rapide l'espace entre l'exorde et la péroraison, soit une vingtaine de pages qui allaient imposer *Household Words* comme le plus grand des journaux. Comme chaque semaine.

Le premier article parut le 2 décembre 1854, le second une semaine plus tard. Jane le reçut chez elle le 1er décembre au soir. Elle ouvrit le journal et sur la première page, en lettres sombres et serrées, elle lut ce qu'elle avait voulu voir écrit. En femme attentive aux mouvements de la foule, elle comprit que cet article allait enterrer aux yeux de l'Angleterre toute histoire de cannibalisme. Dickens était grotesque, mais il savait écrire et, lorsqu'il abandonnait la parure sentimentale qui avait fait son succès, il était d'une conviction proche de la cruauté. C'était exactement ce que Jane avait espéré : elle avait compris depuis longtemps que les êtres les plus sentimentaux en apparence, ceux qui vous abreuvent de bons sentiments et de grandes déclarations, sont en général les plus indifférents au sort d'autrui, les plus âpres à défendre leurs avantages et les plus cruels lorsque leur intérêt est en jeu. La générosité étant d'abord une pudeur, elle venait d'êtres plus distants et plus froids. À cet égard, Charles Dickens était le meilleur candidat à l'exécution de John Rae. Certes, Rae n'était pas assez attaqué (pourquoi cette mansuétude à son égard ? se demanda-t-elle) mais rien ne restait de ses ignobles assertions.

Jane se versa un verre de whisky, s'allongea sur le canapé à côté du feu et sourit.

Lorsque le lendemain matin, John Rae lut l'article de Dickens, une onde de chaleur rayonna presque aussitôt dans son corps : c'était l'humiliation. Il lut l'intégralité de l'article, comprit que ce n'était qu'une première partie, déglutit. Ce Dickens n'avait jamais *vraiment* voyagé de sa vie, les Inuit lui étaient plus étrangers que des créatures d'un autre monde et il ne disait que des sottises. À l'évidence pourtant, cet article l'anéantissait lui, John Rae, et signait la fin de sa carrière, comme l'avait annoncé Graham – et cela sans vraiment l'incriminer lui-même, à la façon d'un tueur au bon sourire.

Dire qu'il avait parcouru le Canada et l'Arctique, qu'il avait réalisé des exploits qu'aucun homme blanc n'avait jamais accomplis, dans le froid et la neige, dans le vide mortel de ce monde, et qu'un type dans son bureau, un homme à lunettes qui serait mort en quelques heures dans l'Arctique, l'exécutait en un ou deux papiers écrits au coin du feu ! Cette ville était bien comme il l'avait annoncé : cruelle, méprisante, hostile à tous ceux qui n'appartenaient pas à son cœur cousu d'or et de titres.

Il jeta le journal dans le feu. La flamme creusa une lune rouge et jaune en son cœur, des mots sombres tracèrent des courbes sanglantes, en lunules de braise, puis s'enflammèrent, et le nom de John Rae, sous l'œil résigné de son propriétaire, se détacha en ironiques lettres de feu avant d'être réduit en cendres.

QUATRIÈME PARTIE

LE FANTÔME

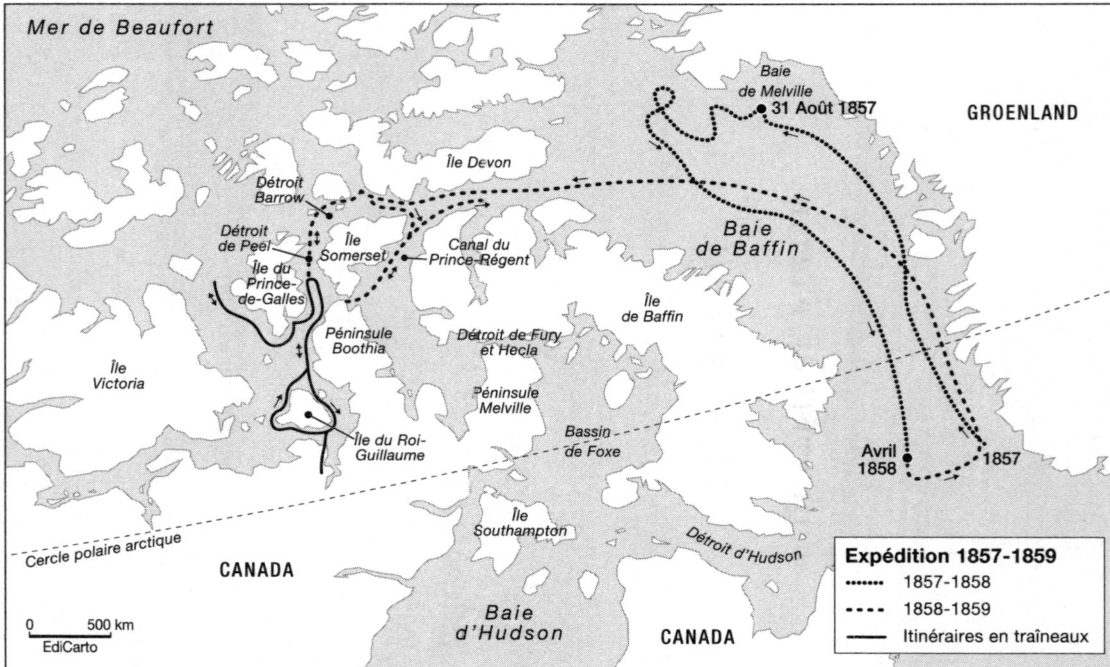

L'expédition de McClintock

1

La fièvre typhoïde est une maladie infectieuse causée par des salmonelles. Elle fait suite à l'ingestion d'une eau contaminée ou de viandes mal cuites et était encore très fréquente en Europe au XIXe siècle, jusqu'à la javellisation de l'eau au début du XXe siècle. De nos jours, un traitement antibiotique suffit en général à traiter le malade et, bien que soient apparues des résistances au chloramphénicol ou même, plus tardivement, à l'amoxicilline, l'azithromycine constitue un traitement très sûr.

Bien heureusement d'ailleurs, car la fièvre typhoïde est souvent mortelle à brève échéance. Le début de la phase septicémique se traduit par des maux de tête, une fatigue qui se généralise puis de la fièvre, jusqu'à 40 °C. Suivent des diarrhées intenses, hémorragiques, puis un état de prostration, proche de la mort dans son apparence et qui se conclut en effet trop souvent par elle.

En somme, cette maladie est assez terrible.

Lorsque la petite Weesy Coppin dit à sa mère qu'elle avait mal à la tête, personne ne s'alarma. Lorsqu'elle s'allongea elle-même dans son lit, ce qu'elle ne faisait jamais, on sourit. Lorsque la fièvre monta, on crut à une petite infection sans gravité. Les premières diarrhées inquiétèrent, mais lorsque le corps de Weesy se cabra sous la douleur, comme fouetté, le petit visage ravagé par un feu intérieur, l'inquiétude fit place à l'affolement. On appela le médecin.

— C'est la fièvre gastrique, dit-il.

C'est ainsi qu'on l'appelait.

— Que pouvons-nous faire ?

— Prier.

Ils prièrent.

Des diarrhées sanglantes renversèrent l'enfant, qui se mit à hurler. Ce hurlement était effrayant. Les traces brunes et rouges sur les draps l'étaient encore davantage. William Coppin, qui ne pleurait jamais, se mit à pleurer à gros sanglots, son corps épais tressautant. Sa fille ne pouvait le voir. Tout son corps obstiné à combattre se refermait sur lui-même, convulsé de douleur. Le petit corps se tendit comme un arc et un flux atroce envahit le lit, tandis que le hurlement reprenait et que la mère, agenouillée à côté du lit, ouvrait la bouche sur un cri muet. Alors William Coppin se mit à genoux à côté de sa femme et ils prièrent comme ils ne l'avaient jamais fait, en une supplication désespérée.

Au matin, l'enfant était morte.

2

Jane écrivait une lettre au président des États-Unis lorsque William Coppin entra. Celui-ci n'était plus le même homme depuis la mort de sa fille. Sa vitalité l'avait abandonné. Le visage gras et rougeaud s'était affaissé. Jane, une fois les condoléances prononcées, ne lui en avait plus jamais reparlé. Il lui semblait que la vie prenait un tour abominable.

— Je poursuis la Recherche, William, dit-elle en désignant la lettre du doigt. J'écris au président des États-Unis. J'ai même écrit à Napoléon III : l'impératrice Eugénie s'intéresse à notre quête. Rien ne m'arrêtera. Je relancerai des expéditions jusqu'à ce que nous ayons retrouvé John.

L'armateur s'assit dans un fauteuil sans un mot. Jane comprit ce que ce silence signifiait.

— Il est vivant, William. Je le sais, je le sens. On sait lorsque son mari est mort. Et on sait quand il est vivant. Et John est vivant.

— L'absence et le deuil engendrent d'étranges troubles, murmura Coppin.

Ces paroles, ainsi que leur ton, ne ressemblaient en rien à l'homme énergique que Jane avait connu. C'était comme s'il ne s'adressait qu'à lui-même. Elle contempla le visage défait de l'armateur. On y lisait une sorte d'horreur nébuleuse, comme une ouverture sur un vide terrifiant que personne n'aurait voulu contempler. Jane tenta de détacher son regard de ce visage, mais elle en fut incapable tant cette expression d'horreur, mêlée à une pâleur étrange, la retenait. Les pauvres paroles qui lui venaient à l'esprit furent frappées du même interdit.

— Parfois, je crois que ma fille m'apparaît, poursuivit Coppin sur le même ton. Je marche et je sens la main de Weesy, comme je la sentais dans ma paume avant sa mort. Je lève la tête d'un livre et je la vois devant moi. Comme un fantôme.

— Les fantômes n'existent pas, dit-elle avec une parfaite mauvaise foi.

— Bien sûr qu'ils n'existent pas. Mais la mort d'une petite fille ne devrait pas exister non plus. Et les souvenirs sont de puissants fantômes.

Jane se leva. La conversation la mettait mal à l'aise.

— Revoyons-nous la semaine prochaine, William. Nous aurons sans doute des nouvelles plus concrètes. Mes lettres ne resteront pas sans réponse. Nous affréterons d'autres navires.

Durant cette même semaine, des événements impossibles à croire se produisirent chez les Coppin, dans la grande maison qu'ils possédaient en Irlande, à Derry. Cette belle demeure un peu vermoulue, à l'image d'un armateur à la fois riche et ruiné, dans laquelle les pièces s'enfilaient et se dédoublaient curieusement – il y en avait quinze – était propice au bizarre. Et surtout, comme avait dit l'armateur, l'absence et le deuil engendrent d'étranges troubles.

Alors que la famille se trouvait au salon après le repas du soir, Henry se précipita contre le mur et le heurta avant de retomber à terre. Comme son père accourait pour ramasser l'enfant, celui-ci dit :

— J'ai vu Weesy.

William Coppin ne répondit pas. Lui-même avait eu plusieurs fois l'impression de voir sa fille. L'enfant insista.

— Elle m'est apparue.

L'armateur, qui n'aimait pas le tour que prenait cet incident, répondit :

— Weesy nous a quittés. Elle ne peut pas apparaître. C'est un rêve.

Anne, la fille aînée des Coppin, âgée de 9 ans regarda son père d'un air bizarre.

Le soir suivant, à la même heure, le petit enfant se précipita de nouveau contre le mur. Cette fois, William en fut pétrifié, comme tous les autres membres de la famille. Puis Anne se leva et, d'un pas lent, alla prendre par le bras son frère.

— Je l'ai vue, dit l'enfant.

Anne ne dit rien.

Le lendemain, dans l'après-midi, les Coppin reçurent la visite de Martha, la jeune sœur de William qui n'avait que 28 ans. Martha était vêtue d'habits sombres comme si elle portait le deuil de la petite Weesy, qu'elle aimait beaucoup et qui était très attachée à elle, davantage même qu'à sa propre mère. Chaque fois que la tante, autrefois, leur rendait visite, Weesy passait tout son temps avec elle et ne supportait pas d'en être séparée, lui demandant de jouer avec elle, de la nourrir, et même de l'habiller. De sa petite voix aiguë, elle lui donnait sans cesse des ordres rieurs.

La servante apporta le thé. Martha s'assit sur une chaise, une tasse à la main.

— Fais attention, tante Martha, fit Anne.

— Attention à quoi ? demanda Martha, qui reposait la tasse sur son assiette tant elle la trouvait chaude.

— À Weesy. Elle est assise sur tes genoux et tu vas la brûler, dit Anne d'une voix un peu tremblante.

Martha se leva brusquement de son siège, faisant s'effondrer tasse et assiette.

— Que racontes-tu là ?

Anne, les yeux embués de larmes, comprenant très bien ce qu'elle était en train de révéler, répondit d'une voix blanche qui semblait ne pas lui appartenir.

— Weesy était assise sur tes genoux.

William Coppin se mit à trembler. D'une voix pleine de colère, il cria :

— Ne dis pas de bêtises, Anne !

— Je ne dis pas de bêtises, père, dit Anne d'une voix agitée de sanglots. Weesy est là et je suis désolée que vous ne la voyiez pas. Son teint est frais, elle est vêtue d'une robe bleue de princesse, et tout son corps est illuminé. C'est comme si elle nous était revenue.

La mère d'Anne laissa tomber sa tasse de thé et se mit à pleurer. Henry, dépassé par les événements, l'imita, de sorte qu'Anne s'abandonna aux larmes, ainsi que Martha.

William marcha vers sa fille, s'agenouilla et la saisit aux épaules.

— Es-tu certaine de ta vision, Anne ?

La petite fille essuya ses larmes et tenta de parler entre deux sanglots.

— Oui, parce que Weesy m'apparaît tous les jours.

William recula vers le mur.

Lorsque chacun se fut calmé, l'armateur expliqua d'une voix posée qu'il s'agissait d'une hallucination collective, due au chagrin de la disparition de Weesy. Il le comprenait d'autant mieux que lui-même avait cru voir Weesy plusieurs fois, tout en sachant qu'il ne s'agissait que d'une illusion. Martha et Dora, la femme de William, hochèrent la tête avec conviction. Henry, observant chacun, finit par acquiescer lui aussi. Mais Anne se contenta de les regarder de son regard bleu clair, presque transparent.

— N'es-tu pas convaincue, Anne ?

— Peut-être, père.

Anne fut conduite chez le médecin. Le vieil homme, qui suivait la famille depuis vingt ans, écouta l'histoire avec attention, prit le pouls de l'enfant.

— Ces cas ne sont pas rares, dit-il. Personne n'accepte le deuil d'un enfant. Les prodiges de la volonté font revivre la pauvre Weesy sous la forme de souvenirs incarnés. Cela devrait disparaître avec le temps, lorsque le chagrin perdra de sa force.

Trois jours plus tard, dans la nuit de sa chambre, William, qui s'était couché tôt, vit apparaître sa fille morte entourée d'un halo bleuté. Elle était pleine de silence et traversa l'espace comme cernée par les lambeaux de l'au-delà. C'est du moins ce que se dit le père, paralysé et en sueur. Cette apparition n'avait rien de commun avec ses précédentes visions, poignantes de nostalgie. Weesy était là.

Le lendemain, sans avoir révélé un mot de l'apparition, il interrogea Anne.

— Parle-moi sincèrement. As-tu revu Weesy depuis la dernière fois ? Sur les genoux de ta tante, je veux dire.

La petite fille leva les yeux sur son père, avec cette même transparence dans le regard qui mettait mal à l'aise.

— Je veux simplement que tu me dises la vérité, Anne, dit-il doucement.

— La vérité, dit la petite fille, c'est que je la vois toujours. Et chaque fois, elle est vêtue de robes magnifiques, comme tissées d'or et d'argent, et elle est illuminée.

William tressaillit.

— Est-ce qu'elle te parle ? Te dit-elle d'où elle vient ?

— Non, jamais. Elle est là, c'est tout.

— Cela te fait peur ?

— Oh non, pas du tout. Je suis heureuse de la voir. Je sais qu'elle n'est pas morte. Du moins pas de la façon dont le pasteur en parle.

— C'est-à-dire ? demanda le père.

— Elle est morte et elle est là.

— Pourrais-tu lui parler ? L'interroger ?

— Bien sûr. Je peux essayer.

— Demande-lui d'où elle vient.

Au début de l'après-midi, alors qu'Anne était dans sa chambre, Weesy lui apparut sous la forme plus indécise d'une silhouette nimbée d'un halo bleuté. Anne se leva de son lit et, s'approchant de la lumière bleutée, s'adressa à elle.

— Louisa ? dit-elle, appelant sa sœur par son vrai prénom.

Il n'y eut aucune réponse.

— D'où viens-tu ?

Pas davantage de réponse. Il sembla à Anne – du moins, c'est ce qu'elle raconta plus tard – qu'une nouvelle tristesse émanait de la forme, mais était-il possible qu'un sentiment naisse d'une lumière, c'est ce que les parents se demandèrent.

Quand William Coppin sortit de son bureau pour le souper, une assiette était ajoutée au nombre habituel.

— Ma sœur vient ce soir ? demanda-t-il.

Dora secoua la tête.

Le mutisme de sa femme éclaira l'armateur, qui s'assit avec gêne. Tous soupèrent dans un silence contraint, mais le lendemain, Dora continua à mettre un couvert pour la disparue. La nausée souleva le cœur d'Anne.

Sans doute ces épisodes de deuil, d'hallucination et de spectre seraient-ils restés au sein de la famille Coppin, dissimulés par la honte de la folie ou de la superstition, si quelques jours plus tard un événement particulier n'était survenu.

Au matin, Anne, qui semblait la porte-parole de sa sœur, vit s'inscrire sur le mur, comme si les lettres naissaient d'elles-mêmes et s'engendraient l'une l'autre, des mots bleutés.

« M. Dackey est mort. »

La petite fille demeura immobile plusieurs minutes. Si les apparitions de sa sœur l'avaient au départ emplie de bonheur, une légère angoisse les accompagnait désormais.

Dackey était un vieil ami de la famille qui se portait parfaitement bien. Anne finit par aller trouver son père pour lui transmettre l'information. Deux heures plus tard, William apprenait la mort surprenante de son ami Dackey, qui avait succombé pendant la nuit à une attaque cardiaque. « Les morts correspondent », pensa-t-il. Il se rendit chez lady Franklin, à qui il raconta tout.

— Une bien curieuse histoire, dit Jane avec scepticisme.

— Bien entendu, et je ne vous demande pas de la croire. Il s'agit peut-être d'une folie collective, j'y ai moi-même pensé. Mais comment expliquer cette inscription sur les murs ?

— Seule votre fille l'a vue, non ?

— Oui, mais personne ne pouvait savoir que Dackey était mort. Je ne pense pas être un esprit faible ou irrationnel. Et pourtant lorsque j'ai vu le spectre bleuté de Louisa, je n'ai plus vraiment douté.

Jane tressaillit.

— Bleuté ?

— Oui. Elle était entourée d'une sorte de halo bleu. Et l'inscription sur le mur était aussi en bleu.

L'apparition, dans le rêve de Jane, était également entourée d'un halo bleu.

— En tout cas, il ne serait peut-être pas inutile, poursuivit Coppin, de demander à Weesy des nouvelles de l'expédition.

— Par-delà l'espace et le temps, dit Jane avec un faible sourire.

— Par-delà l'espace et le temps, affirma Coppin avec conviction.

L'événement qui suivit cette discussion fut encore plus incroyable que ceux qui précédèrent et il va de soi que les doutes les plus vifs furent exprimés. Mais même le scepticisme de Jane en fut ébranlé.

À vrai dire, il n'y eut pas d'autre témoin qu'Anne et personne ne sut jamais ce qu'elle avait réellement vu. Mais sa transcription de cette expérience devait marquer chacun à jamais. William Coppin avait demandé à sa fille d'interroger Weesy au sujet de Franklin. Anne s'étonna de la demande, d'autant que sa sœur n'avait jamais répondu à ses questions. « Essaie tout de même », dit seulement son père.

Ce qui gênait Anne, même si elle ne se le formulait pas précisément, c'était le caractère blasphématoire de la demande. Pourquoi interroger sa sœur sur un étranger ? Quelle importance avait ce John Franklin ? La mort de Weesy et ses apparitions avaient bouleversé la vie de la famille en son cœur et parce que tout cela touchait à la vie et la mort, parce que tout cela traversait la vie et la mort, il lui semblait qu'on ne pouvait utiliser les fantômes à d'autres fins que le recueillement.

Elle se rendit néanmoins, à contrecœur, dans la chambre de sa sœur. Celle-ci avait été entièrement débarrassée des meubles, des jouets et des vêtements de Weesy. Tout cela était trop douloureux. Le pas d'Anne résonnait dans la pièce vide. Trop vide. Anne ne se sentait pas à l'aise. Elle avait un peu de mal à respirer. Son regard trop mûr pour son âge observait les traces que les meubles et les tableaux avaient laissées sur le plancher et les cloisons. Puis, lentement, à regret, elle formula la demande de son père.

Soudain, la température s'abaissa. La chambre devint glacée et le souffle d'Anne une brume. La petite fille était transie de froid et de peur. La scène bascula et elle se retrouva au milieu de l'Arctique, devant deux navires pris dans la glace. Anne se mit à pleurer.

S'écrivirent alors sur les murs (et personne ne put comprendre comment pouvait cohabiter à la fois l'Arctique et les murs de la chambre, mais tous ces événements étaient fondés sur la coexistence des contraires) les mots suivants : « Erebus and Terror. Sir John Franklin, Lancaster Sound, Prince Regent Inlet, Point Victory, Victoria Channel. »

Vraie ou fausse, l'apparition accomplissait la cérémonie magique : « comme dans la boule de cristal d'un conte de fées ».

3

Lorsque le capitaine Francis Leopold McClintock entra dans la maison de lady Franklin, maison où il avait déjà été invité une fois, au départ de l'expédition de recherche dirigée par James Ross, dont il était le second, il ne se doutait pas de l'aberrante conversation qu'il était sur le point de subir.

Jane Franklin était accompagnée d'un homme pâle, oblong, aux épais favoris, qui lui fut présenté sous le nom de William Coppin. McClintock le connaissait de réputation, tant l'ancien armateur était actif dans les milieux de la Recherche, mais l'homme qui se trouvait devant lui ne correspondait pas à ce qu'on lui en avait dit. Il était comme *évidé*. C'est du moins le terme bizarre qui lui vint à l'esprit. Et lorsqu'il y réfléchit plus tard, il lui sembla également que lady Franklin avait changé depuis les temps de l'expédition de James Ross, en 1848 il est vrai. Malgré son énergie inaltérable, elle avait maigri et le même qualificatif, avec des nuances sans doute, pouvait s'appliquer à elle. Les deux êtres qui lui avaient fait face étaient tourmentés par un manque essentiel qui les avait *évidés*. Oui, évidés. Et McClintock, qui avait appris dans son enfance irlandaise toutes les histoires de fantômes, de farfadets et autres fadaises de la lande, aurait aisément pu croire que la main levée de ces deux êtres n'était plus totalement charnelle mais déjà saisie par *autre chose.*

À vrai dire, le capitaine n'aurait peut-être pas été en proie à ces pensées, au retour de sa visite, s'il n'avait pas eu cette conversation stupéfiante dans le salon des Franklin. Au début, tout avait été normal. Après trente-huit années de vie, près de vingt ans de marine, une carrière promise au néant compte tenu de ses origines irlandaises et de sa condition populaire (son père était agent des douanes) s'il n'avait été sauvé par l'expédition James Ross et la Recherche, dont il était depuis 1848 un des acteurs les plus fidèles, McClintock se doutait bien qu'on ne le faisait pas venir pour rien.

— Nous allons financer une nouvelle expédition, capitaine, dit Jane Franklin.

Le capitaine hocha la tête, un peu surpris. L'Amirauté avait pris prétexte du rapport de John Rae pour proclamer l'arrêt des recherches, estimant qu'après tant d'années et cinquante expéditions aucun membre d'équipage ne pouvait avoir survécu, conclusion que McClintock partageait entièrement. De plus, on disait Jane Franklin ruinée. Elle avait déjà dépensé la somme colossale de 35 000 livres sterling dans la Recherche, finançant en partie certaines expéditions, offrant des récompenses importantes pour tout renseignement, même si elle avait bloqué l'argent promis à John Rae. La rumeur disait d'ailleurs que sa famille lui reprochait à mots couverts ces dépenses.

Comme si elle avait lu dans les pensées de son interlocuteur, lady Franklin précisa :

— Nous avons organisé une collecte de fonds à la Société géographique royale et auprès du public.

— Bien sûr, lady Franklin, je suis au courant.

Il savait même que Dickens avait joué un rôle important dans la collecte en prenant la parole à la Société géographique royale. Et que même son grand ennemi William Thackeray (il se murmurait que lady Franklin avait un certain dédain pour l'œuvre de Dickens et admirait Thackeray, mais McClintock, qui ne lisait pas de romans et tenait en horreur ce milieu littéraire qu'il considérait sans le connaître comme un panier de crabes, n'avait lu ni l'un ni l'autre) avait fait partie des contributeurs.

— Ce que vous ne savez peut-être pas, c'est que nous avons récolté 3 000 livres, somme qui montre que si l'Amirauté a abandonné mon mari et ses compagnons (elle eut un sourire plein d'amertume), ce n'est pas le cas de nos compatriotes, qui rêvent encore de voir nos glorieux marins revenir parmi nous.

— Bien sûr, fit hypocritement McClintock, flatté tout de même de cette appellation de « compagnon » pour les deux équipages, tant on oubliait en général les marins au profit du célèbre amiral.

— Cette somme, dit Coppin, prenant la parole en tant qu'ancien armateur, ne nous permet pas d'affréter un gros navire mais après tant d'expéditions et tant d'échecs (Jane sursauta à ce mot) nous sommes à peu près certains que les gros navires ne sont pas la solution. La somme conviendrait à l'affrètement et l'équipement d'un yacht de trois mâts, à peu près deux fois plus petit que l'*Erebus* ou le *Terror* et donc beaucoup plus léger.

— Ce qui signifie aussi un faible tirant d'eau, dit McClintock, intéressé.

— Oui, poursuivit Coppin. D'autant qu'après beaucoup de calculs et de réflexions il nous semble aussi qu'un équipage réduit serait suffisant.

— Combien d'hommes ? dit le capitaine en fronçant les sourcils.

— Une vingtaine, intervint Jane Franklin.

Il y eut un silence.

— Une vingtaine ?

— Oui, dit Jane. Une vingtaine d'hommes expérimentés et vous-même à leur tête.

« Nous y voilà », pensa McClintock.

— Et des traîneaux bien sûr, dit Jane en souriant.

McClintock, depuis l'expédition Ross et les recherches sur l'île Somerset, qui n'avaient offert aucun indice sur l'expédition Franklin mais qui avaient permis de cartographier 150 miles de terre inconnue, avait développé un nouveau système de transport par traîneau, tiré par des hommes mais soutenu par des voiles, avec en renfort des équipes de reconnaissance, qui expliquait en bonne partie son avancement.

Il y eut un nouveau silence, qui cette fois s'éternisa. Puis Jane redressa le buste comme si elle allait au combat, tout en rougissant comme une adolescente (et ce mélange d'ardeur et d'émotion la définissait assez bien).

— Nous avons réfléchi à un itinéraire, fit-elle d'une voix rauque.

— Un itinéraire ?

— Détroit de Lancaster. Canal du Prince-Régent. Point Victory. Canal Victoria.

C'étaient les mots exacts inscrits sur le mur par le fantôme de Weesy. McClintock regarda ses interlocuteurs sans comprendre.

— Je ne saisis pas bien. Comment pouvez-vous indiquer un itinéraire précis pour une expédition qui a… disparu ?

Jane Franklin et William Coppin restèrent assis devant lui sans répondre. Jane se mordit les lèvres, Coppin pâlit encore davantage. Le capitaine se sentit très gêné.

Puis l'armateur prit la parole.

— John Rac… au milieu d'allégations… disons… absurdes…

— Criminelles, dit Jane.

— Oui, oui… criminelles… criminelles… John Rae, donc, semble tout de même avoir indiqué une zone, une zone disons assez précise, autour de l'île du Roi-Guillaume.

— Ce ne sont que de vagues témoignages d'indigènes, dit McClintock.

— Oui, oui, bien sûr, fit Coppin, redressant très bizarrement une main crispée par la nervosité. Bien sûr, mon cher capitaine, vous avez parfaitement raison, mais voyez-vous… certaines conjectures, réflexions même, oui, réflexions fondées sur des indices très probants, nous font penser que cette île pourrait bien être le lieu du… enfin… du…

— Tout à fait, conclut Jane.

— Soit, reprit McClintock, et pourquoi pas d'ailleurs…

mais dans ce cas pourquoi ne pas emprunter d'emblée le détroit de Peel, qui est l'accès le plus rapide à l'île du Roi-Guillaume ? Et qu'est-ce que ce Point Victory que vous évoquez ?

De nouveau le silence.

— Il est essentiel, capitaine, dit à la fin Jane Franklin, que vous empruntiez fidèlement l'itinéraire que nous vous avons indiqué, qui est seul susceptible de nous restituer les équipages de l'*Erebus* et du *Terror*, ou du moins ses survivants, puisque je ne suis pas assez naïve pour imaginer qu'ils seraient tous sains et saufs. C'est sur ce chemin que vous trouverez les bateaux, les survivants, les traces aussi de l'expédition. Nous pensons que cet itinéraire est celui que les deux bateaux ont suivi après l'hivernage à l'île Beechey, en descendant vers le sud jusqu'à la côte canadienne. Quant à Point Victory, il s'agit d'un endroit situé dans le nord-ouest de l'île du Roi-Guillaume. Si vous refusez d'emprunter cet itinéraire, vous ne commanderez pas le *Fox*, voilà tout, et nous nous quitterons bons amis.

McClintock savait qu'il était impossible de se séparer bons amis de lady Franklin, puisqu'on ne se séparait jamais d'elle sans tomber dans le camp des traîtres, des ingrats et des lâches, comme George Back l'avait appris à ses dépens, le même Back de la Coppermine, devenu un amiral à la fois respecté et craint, lorsqu'il avait, le premier du Conseil de l'Arctique, émis l'avis d'abandonner les recherches. Depuis, il était devenu l'ennemi intime de Jane.

— Lady Franklin, votre proposition est un honneur pour moi que je n'entends pas refuser. J'ai participé à trois expéditions montées pour retrouver votre mari et je suis votre plus fidèle serviteur. Ne doutez donc pas de ma volonté de vous servir. Mais la logique de ce projet m'échappe : comment prétendez-vous connaître l'itinéraire de deux navires lorsque le monde entier s'interroge depuis huit ans sur ce même itinéraire ?

Jane et Coppin restèrent interdits, comme paralysés. Les yeux de Jane s'agrandirent légèrement. Puis elle se leva soudain, d'un mouvement brusque et colérique.

— Il suffit, monsieur ! Sachez que Dieu, par l'intermédiaire de Weesy Coppin, la défunte fille de William Coppin, ici présent, nous a envoyé un signe. Que ce signe, comme tout ce qui est divin, n'a rien de raisonnable. Qu'il ne s'agit pas ici de logique mais de foi. Dieu éprouve notre foi. Êtes-vous avec ou contre nous, capitaine McClintock, voilà la seule question que vous devez vous poser !

Comme souvent, elle s'énervait contre l'autre parce qu'elle s'emportait contre elle-même. Comment pouvait-elle croire en pareilles âneries, voilà ce qu'elle se demandait.

Francis McClintock se leva lentement de son siège.

— Lady Franklin, vous avez raison. Il ne s'agit pas de raison mais de foi. Je prendrai le commandement du *Fox* et je ferai tout pour retrouver votre mari et ses compagnons. Je m'y engage de toute mon âme.

Pendant des années, le capitaine McClintock s'interrogea sur sa réaction. Avait-il été sincère ? Avait-il agi par ambition ? S'était-il seulement plié à l'autorité supérieure de cette femme ? Était-il devenu fou ?

Il finit par comprendre que lorsqu'on se trouve en

face de la folie, il n'est d'autre solution que de fuir ou de succomber à cette folie, même pour une minute. Et c'est ainsi que McClintock connut sa minute de folie. Il devait s'en repentir tout autant que s'en féliciter toute sa vie.

4

Le temps s'était écoulé depuis ce jour d'avril 1857 puisqu'il avait fallu démembrer l'élégant yacht pour le transformer en vaisseau capable d'affronter l'Arctique, recruter vingt-cinq hommes, dont dix-sept vétérans de la Recherche, parmi lesquels il fallait compter le lieutenant William Hobson, que Jane avait recommandé au capitaine. À vrai dire, il n'y avait eu que l'embarras du choix puisque de tout le pays étaient venues des offres de service, même d'hommes n'ayant jamais vu la mer, au point que McClintock, qui aimait les envolées lyriques, avait déclaré d'un ton martial :

— On ne peut que reconnaître là l'ardent amour des entreprises hardies qui subsiste au cœur des Britanniques et qui est sans doute notre caractéristique nationale la plus admirable.

Le lieutenant Hobson, un jeune homme aux favoris roux et aux grands yeux ronds, ce qui lui donnait un air naïf, s'était gratté le nez avant de retourner à son travail.

Le *Fox* fut chargé de provisions pour deux ans – beaucoup de pemmican et de jus de citron –, et d'instruments scientifiques pour les différentes études, puisque, comme chaque navire envoyé à la recherche de l'expédition perdue, le voyage du *Fox* allait permettre de nouvelles découvertes liées au pôle magnétique. Il ne restait plus que de minuscules cabines – des alvéoles plutôt – pour loger les officiers. On n'avait jamais envoyé expédition plus réduite à la recherche des équipages de Franklin, mais il se murmurait depuis quelques années, à la suite des innombrables échecs antérieurs, que la clé de l'Arctique ne se trouvait sans doute pas dans les grands navires et les grandes expéditions mais dans de petites entreprises composées d'hommes expérimentés qui s'inspireraient du mode de vie des Inuit et des Indiens. John Rae avait au moins joué ce rôle.

Le dernier jour de juin 1857, Jane Franklin et Sophia Cracroft se glissèrent silencieusement à bord du *Fox*.

— Nous sommes venues vous saluer, capitaine, vous et vos compagnons. Vous partez pour un dangereux voyage et nous vous souhaitons bonne chance.

La voix de Jane Franklin paraissait s'effacer. McClintock respectait en elle sa tristesse et, même s'il ne l'avouait qu'à quelques proches, le sacrifice de toute sa fortune, qu'il comprenait d'autant moins que les chances de découvrir des survivants étaient presque nulles. C'est que McClintock était né pauvre, Jane riche. N'ayant jamais connu la pauvreté, elle ne la craignait pas.

— Ce n'est plus un voyage, lady Franklin. La mission que vous avez bien voulu me confier est désormais un devoir national. La Recherche que l'Amirauté et vous-même menez depuis dix ans doit être mise au niveau des plus nobles efforts d'une nation pour la cause de l'humanité.

Les yeux de Jane s'agrandirent. Le lieutenant Hobson se gratta la tête.

Puis Jane lui confia une lettre cachetée.

— Voici mes instructions, capitaine. Vous ne devrez les ouvrir qu'une fois parvenu à l'océan Atlantique.

McClintock s'inclina puis saisit la lettre.

Plusieurs jours plus tard, le voyage du *Fox* bien engagé, il décacheta la lettre pour lire les instructions.

« Cher capitaine McClintuck, écrivait lady Franklin, ce qui fit grimacer le destinataire,

Vous m'avez aimablement invitée à vous donner des instructions, comme si la pauvre femme que je suis détenait sur vous le mandat de l'Amirauté, mais je ne me sens pas le droit d'influencer le moins du monde la direction de votre noble entreprise, poursuivait la femme qui lui avait intimé l'ordre de suivre la route la plus précise qui soit. Et de fait, je n'ai aucune tentation de le faire puisque je sais que nous sommes *parfaitement d'accord sur la direction à prendre* (le capitaine soupira) et sur le but de l'expédition, qui est de sauver tout survivant de l'*Erebus* et du *Terror. Tout autre but est secondaire.* (Le capitaine, qui ne croyait pas à la possibilité de trouver des survivants, soupira de nouveau.) Ensuite vient la quête des précieux documents de l'expédition (Jane entendait par là les journaux de bord des capitaines) et des possessions personnelles de mon cher mari et de ses compagnons.

Enfin, j'ai confiance dans votre capacité à prouver que

mon mari est bien l'homme qui a découvert le passage du Nord-Ouest (nous y voilà, songea McClintock), et que ces martyrs d'une noble cause, après des années de souffrance, sont bien allés au bout de leur mission.

Il va de soi, cher capitaine McClintack, que vous ferez tout pour accomplir ces buts et ma seule crainte est que vous ne vous épuisiez dans cette quête. Sachez que par-delà ces buts, rien ne m'est plus cher que les vies de cette petite bande de héros qui compose votre équipage (la lecture de ces mots fut une heureuse surprise pour le capitaine). Puisse Dieu vous préserver au milieu des périls afin que vous reveniez parmi nous sains et saufs et pleins d'honneur. Quant à l'honneur, je n'ai évidemment aucune crainte. Dans la défaite ou dans la victoire, *et quelles que soient les circonstances,* permettez-moi de vous assurer de la *fidélité* et de la *confiance* (écrivait en italique la femme qui avait ruiné la carrière et la mémoire de John Rae) de votre

Jane Franklin »

Le capitaine regarda la mer. Un énorme fardeau avait soudain été chargé sur ses épaules, celui de la mémoire de Franklin. Il avait désormais pour mission de consacrer son héroïsme et d'en être l'irréfutable témoin : John Franklin devait être *l'homme qui avait découvert le passage du Nord-Ouest.* Après les bottes, le Nord-Ouest. Tout n'était jamais qu'une périphrase publicitaire.

À Disko, au Groenland, McClintock acheta des chiens. Ils ne pourraient explorer les différentes îles en tirant les traîneaux à la seule force des bras. Cette fois, il s'agissait d'une longue quête, sans informations sûres – même celles de John Rae reposaient sur des témoignages – et il leur fallait une trentaine de chiens de traîneaux.

Le capitaine entra dans une tente inuit. Il souleva d'une main dégoûtée une membrane translucide qui ressemblait à un boyau d'animal protégeant du vent l'entrée de la tente. Il se mit à tousser. Sept ou huit personnes, hommes et femmes confondus, se tenaient dans la tente tapissée de fourrures de rennes. Tous fumaient. Bien qu'il soit plus de minuit, la lumière du nord éclairait faiblement l'intérieur. Les hommes le fixaient, les femmes affectaient de l'ignorer. Il toussa de nouveau. Plusieurs Inuit toussèrent aussi, par politesse peut-être. Il y eut un grand silence.

L'interprète Petersen expliqua qu'ils avaient besoin de chiens. Un vieil homme se gratta le nez, renifla, puis regarda McClintock d'un air las.

— C'est pour le service de Sa Majesté ! précisa le capitaine.

Deux hommes le contemplèrent avec stupéfaction.

Un autre se mit à parler avec une grande rapidité puis un autre, ce qui provoqua un haussement de sourcils scandalisé – mais à ce moment une main se leva et tous se mirent à rire. Un enfant entra et proposa à McClintock un minerai, du grenat sans doute, et le capitaine, ne sachant trop quoi faire, lui donna deux biscuits. L'enfant lui tendit le caillou et repartit. Les hommes se remirent à parler avec rapidité. Un autre enfant arriva et se planta devant le capitaine. Celui-ci lui tendit un biscuit. L'enfant eut l'air mécontent. Un autre biscuit et il partit satisfait, délesté lui aussi de son minerai. Les hommes parlèrent plus lentement et plus fort, puis plus vite et moins fort et, tandis qu'un enfant entrait et repartait avec deux biscuits et qu'on entendait d'autres voix enfantines se presser derrière la membrane d'entrée, l'interprète dit seulement :

— C'est bon. L'affaire est conclue. Dix-huit chiens de très bonne qualité.

Une heure plus tard, les chiens étaient à bord du petit *Fox*, massés sur le pont. On pouvait à peine avancer et McClintock maudissait leurs hurlements en se tournant et se retournant sur sa couchette minuscule sans pouvoir s'endormir.

Le lendemain, les officiers tirèrent au fusil sur les mouettes pour s'amuser et nourrir les chiens. Hobson et Young rivalisaient d'habileté, faisant s'écraser sur le pont des mouettes agonisantes sur lesquelles se précipitaient les bêtes, jusqu'au moment où le médecin Walker, remontant de sa couchette avec une paire de pistolets ouvragés, réduisit les jeunes gens au silence par sa précision diabolique.

— Vous avez été tueur à gages dans votre jeunesse, monsieur Walker ? demanda Hobson.

— Presque. J'ai été soldat en mer de Chine.

Personne ne demanda plus de précision. Walker était un être bedonnant qui portait sur sa face trop joviale la trace d'évidents secrets.

— Messieurs, annonça soudain McClintock en bombant le torse, nous ne pouvons qu'être remplis d'une humble et profonde gratitude devant les succès qui nous ont jusqu'ici accompagnés !

— Humble et profonde ? dit Hobson.

— Humble et profonde ? fit Walker.

— Humble et profonde, oui, messieurs, dit McClintock en se retournant, les mains derrière le dos.

Une mouette s'était installée au centre d'un nœud de cordage. Elle contemplait tous ces êtres en clignant de l'œil.

Le navire atteignit Upernavik, l'ultime porte de la civilisation au Groenland, où le gouverneur les accueillit avec de grandes démonstrations.

Dans la baie de Baffin, tout changea. Ils avaient versé de l'autre côté du monde. Ils avancèrent au milieu du brouillard et d'un pesant silence. Les oiseaux avaient disparu. De temps à autre, des fracas étouffés sourdaient des lointains, lorsque des pans de glace s'écroulaient des glaciers. Dans cette substance paresseuse qu'était devenu l'espace, la marche du navire semblait arrêtée.

— Messieurs, nous sommes en face du Temps et de l'Éternité ! fit McClintock.

La glace s'agglomérait autour du navire. La température baissait. Il fallait désormais percer son chemin au sein d'un labyrinthe gelé, de détroit en détroit, chacun de ces chemins se rétrécissant au fil des jours. Le soir, on s'arrêtait, les officiers jouaient au cricket sur la glace ou s'amusaient à tuer des phoques. Lorsque les têtes de clowns léonins émergeaient de l'eau, ils tiraient au fusil en riant (« tirez dans la tête, en plein dans la tête », criait Petersen) et couraient pour attraper la bête avant qu'elle ne coule, faisant frire leur foie avec du bacon, nourriture qu'ils avalaient goulûment. Le reste était donné aux chiens, les morceaux de viande sanglante découpés sur la glace, pour ne pas salir le pont.

Dans la baie de Melville, le 14 septembre, une charge de poudre fit sauter un iceberg qui les empêchait d'avancer mais, à la suite de l'explosion, la glace des profondeurs remonta souterrainement dans un silence oppressant et émergea au milieu d'une gerbe d'écume qui les bloqua. Un vent sinistre se leva, un vent de tempête qui immobilisait les choses et les êtres, soufflant deux jours et deux nuits ; lorsqu'il cessa, une étendue blanche et informe crispait le paysage sous une prison de glace. C'était fini : le *Fox* n'irait pas plus loin cet hiver.

Ils affalèrent les voiles, tendirent la bâche au-dessus des navires et puis le temps s'arrêta. Il n'y eut plus que le froid, entre – 30 °C et – 40 °C, avec des rafales de vent qui transperçaient les os, et une nuit sans fin.

Le *Fox* en était réduit à connaître le même sort que la plupart des bateaux partis à la recherche de l'*Erebus* et du *Terror*, le temps d'un hiver au moins, par cette gémellité du Nord qui les frappait tous.

Au début, les esprits étaient robustes. On chercha à s'occuper. Huit ou neuf marins proposèrent au Dr Walker de devenir maître d'école.

— Qu'est-ce que vous voudriez apprendre ?

— Quelque chose d'utile.

Walker réfléchit.

— On va parler des vents alors.

Et sur le vaisseau immobile, on ne parla plus que des vents.

Puis ce sujet finit par les ennuyer. Dans cette nuit qui pâlissait à peine durant le jour, les heures s'épaississaient, comme une tourbe du temps dans laquelle ils s'enfonçaient. Leurs gestes devenaient plus lents, leur esprit semblait saisi aussi dans cette compacité des choses. Ces êtres engourdis avaient du mal à se mouvoir, à penser.

On s'occupa des chiens. Les bêtes paraissaient plus vivantes que les hommes. Elles avaient été débarquées pour débarrasser le pont. Dans le froid, elles se pelotonnaient contre le bateau, creusaient des abris au sein des congères, partaient chasser, puisqu'on ne les nourrissait que trois fois par semaine, faute de provisions suffisantes. Bref, elles se battaient pour survivre, ce que les hommes épuisés par l'immobilité de l'attente ne faisaient pas. Au bout de quelques semaines, certains chiens faiblirent puis s'écroulèrent sur la glace.

— Si on ne les nourrit pas, ils mourront, dit le Dr Walker.

— Faites-les monter à bord et donnez-leur à manger, ordonna McClintock.

— Les chiens d'Esquimaux mangent tout ce qui marche, rampe et vole, à l'exception des renards et des corbeaux, énonça doctement Petersen.

Mais à l'issue du repas, les chiens, beaucoup plus heureux sur le pont en partie protégé du vent, refusèrent de retourner sur la glace.

— Chassez-moi ces bêtes ! cria McClintock.

Après cette soirée, les chiens tentèrent le plus souvent possible de retourner à bord. Une nuit, ils chargèrent tous en même temps et bondirent sur le pont. Dans leur sommeil, les marins entendirent un bruit mat. Ils jaillirent de la cale et, voyant les chiens, s'emparèrent de manches à balai pour les chasser, tandis que les chiens se réfugiaient dans les recoins pour ne pas retourner sur la glace. Un corbeau solitaire choisit ce moment pour se percher sur le garde-corps. Il fut happé au passage par Harness Dog, un vieux chien connu de tous parce qu'il avait la particularité de refuser qu'on lui enlève son harnais.

— Tout sauf les corbeaux ! s'écria Petersen de mauvaise humeur, cassant son manche à balai sur la tête du chien qui, concentré sur sa tâche, émit un grognement sourd.

Un soir de brume, on entendit les glapissements des chiens. Ils s'étaient précipités vers une forme sombre qu'ils encerclèrent. Un grondement terrible émana de la forme : c'était un ours blanc. Il se dressa sur ses pattes arrière, recula, la glace se brisa sous son poids et il resta prisonnier à mi-corps. Les chiens hurlaient autour de lui avec des claquements de mâchoires à la fois agressifs et apeurés, les oreilles plaquées vers l'arrière. McClintock, fasciné, contemplait cette scène primitive sans pouvoir bouger. Trois hommes tirèrent sur l'ours, ne faisant qu'accroître sa fureur. L'ours réussit à sortir du trou d'eau et il allait fondre sur les chiens lorsque McClintock finit par lever son fusil, dans un mélange de paralysie, de regret et d'instinct, et lui logea une balle dans la tête. L'ours s'affaissa.

McClintock était un marin expérimenté, aguerri par de nombreuses campagnes. Mais il expérimentait là une conjointure de la vie et de la mort. Il comprenait enfin ce que signifiait la Recherche. Il resta longtemps près de l'ours, sans bouger.

On tua deux narvals qu'on découpa en conservant la défense.

La vie et la mort.

La mort plus que la vie.

On arriva assez souvent à tuer des phoques en pleine tête. Un requin en disputa la possession aux marins, alors on le tua aussi (ainsi qu'un corbeau qui assistait à la scène), avec deux balles de fusil et un crochet recourbé dans sa gorge. Un homme glissa dans le sang et tomba, deux chiens lapèrent le sol sanglant.

Le *Fox* enterré dans la neige, avec ses deux mâts noirs pointés vers le ciel sombre, n'était plus qu'un dérisoire jouet d'enfant égaré dans le Nord. Le mécanicien Scott, sur le sol glissant, tomba d'une écoutille. Deux jours plus tard, il était mort et il fallut scier la glace pour enfouir le corps dans les profondeurs de la mer, au son lugubre du glas, en un service funèbre qui fit frissonner par sa tristesse tout l'équipage prisonnier de ces territoires. À ce moment, McClintock sut exactement ce qu'avaient vécu l'*Erebus* et le *Terror*, ce que peut-être ils vivaient encore, et il lui semblait qu'il se mettrait une balle dans la tête si le *Fox* ne repartait pas sur une mer libre.

Mais le *Fox* ne repartait pas. Le jour de Noël, il fallut répéter encore ces phrases absurdes à la suite desquelles Hobson se grattait la tête ou le nez, avec des mots comme *grandeur majesté destin Angleterre devoir*, des mots auxquels on croyait sans y croire, des mots dénués de toute signification à mille lieues de toute civilisation et pourtant seuls remparts de leur entreprise.

Les hommes étaient blafards et se mouvaient pesamment. Chacun était devenu sa propre ombre et ils allaient obscurs dans la nuit perpétuelle. Allongé sur sa couchette, McClintock observa sa main. Il bougea ses doigts, comme une grosse araignée. Et puis il songea à une pieuvre agitant ses tentacules. Il eut envie de pleurer et il se mit à rire.

En janvier, énervé jusqu'à la faiblesse, il voulut tuer et un ours levé par les chiens lui donna l'occasion de courir sur la glace après un but sanglant. Avec Hobson et Scott – non, ce n'était pas Scott mais il se mettait à confondre les morts et les vivants –, il se lança à la poursuite des dix chiens qui avaient quitté leur abri. On n'apercevait que le galop maladroit d'une forme brumeuse, enveloppée d'aboiements qui claquaient comme des coups de feu sur la glace. Mais les bêtes allaient plus vite que les hommes. L'ours semblait peu s'inquiéter des chiens, cherchant une crevasse remplie d'eau où aucun d'entre eux ne pourrait l'attraper.

Et puis soudain McClintock eut le sentiment de courir seul et d'avoir atterri dans un autre espace, encore plus nu et plus abstrait que l'empire glacé. Un frisson le parcourut et il s'imagina glisser dans le royaume des morts dont l'Arctique était évidemment l'antichambre. Il s'arrêta. La brume s'était épaissie, il ne savait plus où il était. Il se retourna : tout était blanc, de cette étrange opacité blanche, de cette *blancheur noire* qui était devenue son univers.

Interloqué, il leva la main. Les aboiements étaient plus lointains, comme si, dans cet autre espace, aucun bruit ne pouvait s'imposer avec netteté. Malgré le froid, son front se couvrit d'une sueur d'effroi. De nouveau, lui qui ne pleurait jamais eut envie de sangloter. Les émotions l'étranglaient comme un enfant. Il voulut appeler.

Aucun son ne sortit de sa bouche. De toute façon, quel être pouvait bien vivre dans cet espace ?

Puis il perçut le cri d'un chien suivi de gémissements aigus. Et un autre cri : l'ours s'était retourné contre les chiens. Les griffes entraient dans les chairs.

McClintock ferma les yeux.

— Capitaine !

La main de Hobson se refermait sur son bras.

— Nous vous avions perdu, capitaine.

McClintock murmura un mot incompréhensible. Faible, il se laissa conduire par Hobson jusqu'au bateau.

— L'ours a dû tuer quelques chiens, dit Hobson. Nous avons entendu des gémissements. Inutile d'essayer de les suivre maintenant. Les survivants reviendront seuls.

5

En février, heureusement pour la santé mentale de McClintock, le jour commença à revenir.

En avril, la glace faiblit. Des couloirs s'ouvraient et se refermaient. Plusieurs fois, on voulut engager le *Fox*, mais à peine un chenal se dégageait-il qu'il se fermait et le navire s'arrêtait. Début avril, on avança d'une vingtaine de miles puis, à la suite d'une nuit plus froide, une glace nouvelle agrippa le navire.

— Est-ce que ça va recommencer ? demanda McClintock. Nous allons de nouveau être prisonniers ?

— Non, je ne pense pas, dit Petersen. La glace est mince, elle ne tiendra pas.

Deux jours plus tard, en effet, le bateau repartait et cette fois la mer était libre. Le *Fox* longeait un grand iceberg au-delà duquel l'horizon barré depuis si longtemps s'échappait. McClintock, après deux cent quarante-deux jours d'emprisonnement, se sentit rempli d'allégresse.

— Dieu est avec nous, monsieur Hobson ! Dieu est avec nous !

Hobson n'eut pas le temps de se gratter la tête. L'iceberg aminci par la température se retourna d'un coup, la base immergée devenant sommet, et heurta dans sa révolution le petit navire. On entendit un craquement et McClintock pâlit.

— Non !

Pour une fois, le cri de McClintock dut être entendu par le Pourvoyeur de tous Biens puisque ce n'était que le bastingage. Une piscine d'eau couvrit le pont du navire mais le pire avait été évité. Tandis que l'équipage s'affairait à réparer les dégâts, McClintock dit :

— Je comprends comment les cheveux de certains ont pu devenir blancs en quelques heures. La minute où l'iceberg s'est retourné a été la plus longue de ma vie.

— La plus courte aussi, répondit Hobson, qui avait été frappé par la vitesse du retournement.

— La plus longue et la plus courte, monsieur Hobson. Vous avez parfaitement raison. Parfaitement raison. Vous êtes un vrai philosophe, fit McClintock en s'éloignant pensivement.

Le *Fox* poursuivit sa route dans le détroit de Lancaster et fit une halte à l'île Beechey, cette même île où, pour la première fois, on avait trouvé les tombes de trois hommes de l'expédition Franklin. Puis le navire poursuivit sa route jusqu'à l'île Somerset. À vrai dire, on savait, depuis l'expédition de Kennedy et du lieutenant français Bellot, qui s'était lancé avec passion dans la Recherche et qui en était mort, englouti dans une crevasse sur la banquise et aussitôt noyé, que la terre de Somerset était en fait une île puisqu'un mince détroit, le détroit de Bellot, nommé ainsi en l'honneur du pauvre lieutenant, séparait l'île de la péninsule Boothia. Toutes ces expéditions avaient au moins permis d'explorer l'Arctique et de baliser le chemin pour le *Fox*.

Au nord de l'île, McClintock hésita. La feuille de route de lady Franklin et de Coppin était catégorique : il devait emprunter le canal du Prince-Régent, à l'est de l'île Somerset. Mais le rapport de Rae indiquait que, d'après les Inuit, l'expédition Franklin aurait fait naufrage sur l'île du Roi-Guillaume, au sud-ouest de la péninsule Boothia qui prolonge l'île Somerset. Il était donc inutile d'emprunter un canal qui se trouvait *à l'est pour rejoindre l'ouest.* D'autant que la feuille de route indiquait ensuite Point Victory, soit le nord-ouest de l'île du Roi-Guillaume. Si un fantôme (« Mon Dieu ! où suis-je tombé ? » pensa McClintock) s'accordait avec les témoignages inuits sur l'île du Roi-Guillaume, la logique ne commandait-elle pas de prendre le chemin le plus court, *soit l'ouest de l'île Somerset* et donc le détroit de Peel ?

À cet instant, McClintock revit très clairement lady Franklin, toute de vert vêtue, sa couleur de combat, dressée sur ses ergots, et encolérée à la fois contre elle-même et contre le capitaine, lui imposer le trajet vers John Franklin. Il se revit également accepter ce chemin et déclarer à la fin de la conversation : « Je m'y engage de toute mon âme. »

Mais il songea aussi à l'hivernage atroce dans la glace, à la mort de Scott, aux pensées suicidaires et à la blancheur noire. Et il se dit que les fantômes n'étaient peut-être pas les meilleurs guides des vivants.

— Prenons par le détroit de Peel, ordonna-t-il.

Sur la mer libre, le *Fox* avança rapidement pendant

quelques dizaines de miles jusqu'à ce que le détroit se réduise, serré de part et d'autre par des bordures de glace et d'icebergs. Encore 60 miles et McClintock eut la conviction que le navire ne passerait pas : la mer était bloquée.

La poitrine oppressée par l'appréhension, McClintock eut envie de pleurer. Un phénomène qu'il était incapable d'expliquer se produisait : une parole fantôme avait plus de raison que la raison. Il avait suivi l'ordre de la logique en empruntant le détroit de Peel et pourtant l'itinéraire fantomatique que lady Franklin lui avait ordonné d'emprunter était le bon. Et il était désormais contraint de le suivre. Il allait devoir remonter jusqu'au nord de l'île Somerset pour obéir au fantôme et s'engager contre toute logique dans le canal du Prince-Régent. C'était aberrant, incompréhensible, hostile à toute raison, et pourtant cela était.

C'est donc ce que fit le capitaine McClintock. Il remonta jusqu'au nord de l'île, fit escale à Port Leopold, juste avant d'entrer dans le canal, et là, il versa de l'autre côté de la raison pour suivre l'itinéraire du fantôme, avec le sentiment étrange et effrayant d'abdiquer sa propre raison. Il ne dit plus un mot pendant des jours, observant l'avancée incompréhensible du *Fox* dans une mer libre de glace, comme ouverte pour lui, là où le détroit à l'ouest de Somerset s'était refermé comme sous l'impulsion d'un pouvoir maléfique.

Cette avancée, pourtant, allait buter contre un mur, car aucun pouvoir n'était capable de briser la terre de Boothia pour parvenir jusqu'à l'île du Roi-Guillaume, de l'autre côté de la péninsule. Le *Fox* ne faisait qu'avancer vers une impasse, avec la parfaite assurance du désastre.

— Où allons-nous, capitaine ? demanda Hobson.

— Jusqu'au bout de la terre, lieutenant.

— C'est assez loin…

— Pas tellement puisque nous serons fatalement arrêtés par les glaces.

— Je n'ai pas tellement envie de finir comme l'équipage de l'*Erebus* et du *Terror*.

McClintock ne répondit pas.

— Il y a bien le détroit de Bellot, ajouta Hobson.

— Sauf s'il est impraticable. Kennedy l'a repéré mais personne ne l'a jamais franchi.

— Pourquoi s'appelle-t-il Bellot ?

— Bellot était très aimé par lady Franklin. Elle le considérait comme un fils spirituel. Il a tout fait pour sauver Franklin. Le plus bizarre pour moi, c'est qu'il ne parlait pas un mot d'anglais.

— Personne ne s'intéresse jamais à notre langue, dit tristement Hobson.

— Un jour peut-être… Qui sait ? En tout cas, tout le monde aimait Bellot, m'a-t-on dit, alors que personne ne pouvait discuter avec lui, à part le capitaine. Il était courageux, cela suffisait apparemment. Lorsqu'il est mort, assez bêtement je crois, entre deux blocs de glace, le capitaine Kennedy a nommé le détroit en son honneur. Je pense qu'il l'aimait bien et puis il fallait donner quelque chose à Jane Franklin…

— Tout cela fait beaucoup de morts pour sauver des morts, conclut Hobson.

Lorsqu'ils parvinrent à la hauteur du détroit, McClintock fit arrêter le bateau. Entre deux falaises gigantesques, un passage s'ouvrait. Personne ne savait si celui-ci pouvait mener de l'autre côté de la péninsule.

— C'est donc cela qui nous sauve ou nous tue ? fit Petersen.

McClintock hocha la tête.

— Je ne peux pas engager le navire dans ce passage dont nous ignorons tout. Nous détacherons une chaloupe. J'ai besoin de quatre hommes. Hobson, vous resterez ici pour prendre le commandement en mon absence.

On affala une chaloupe dans laquelle grimpèrent quatre matelots et le capitaine. Les marins se mirent à la rame et la chaloupe s'éloigna lentement. Un courant l'attirait vers le détroit. Celui-ci, large de plusieurs miles à son embouchure, se rétrécit vite. Le capitaine, le regard fixé sur les falaises qui se rapprochaient, semblait absent. Il ne parlait pas, ne donnait aucun ordre. La petite chaloupe, saisie dans des courants contraires, avançait avec peine.

Le détroit ne pouvait être très long. Une vingtaine de miles tout au plus. Si c'était vraiment un détroit… Le cœur serré, McClintock épiait les petits icebergs charriés par les courants. Il les trouvait de plus en plus nombreux. Sur le visage de ses hommes, il lisait l'effort de la rame, en même temps qu'un étonnement déférent devant les falaises gigantesques et la mer, à l'intérieur d'un paysage qui rendait la coquille de noix presque absurde – une plaisanterie décalée. Un tic déformait depuis quelque temps le visage de McClintock, un clignement de paupière suivi d'une grimace de la lèvre.

On pouvait estimer la vitesse de la chaloupe à trois nœuds. En quelques heures, ils seraient fixés sur la possibilité d'une traversée du détroit.

Ce fut le cas. À 13 h 07, la paupière du capitaine tressauta de façon désordonnée, ses traits comme allumés et détruits par la nervosité.

Une muraille de glace bloquait l'extrémité occidentale du détroit.

Impossible de passer.

6

Le *Fox* hiverna à l'entrée du détroit de Bellot. McClintock avait connu un moment de désespoir après l'échec de la traversée du détroit. Le navire était dans l'impasse. Il ne pouvait continuer au sud, sauf à longer la péninsule Boothia et buter contre les côtes canadiennes, et il ne pouvait repartir vers le nord, à moins d'abandonner la mission, ce qu'il n'imaginait pas. Ou plutôt si, il l'imaginait, il en rêvait comme d'une heureuse défaite, un abandon merveilleux à la faiblesse, mais jamais il ne se le représentait sérieusement tant l'héroïsme bavard des grands mots l'avait intoxiqué. Évidemment, ce n'était pas le pauvre McClintock qui parlait, c'était la voix autoritaire de son pays et de la redoutable lady Jane, qui était-il, lui l'Écossais de rien, pour penser à la désertion ?

Un soir, les chiens, qui avaient sans doute flairé un ours, hurlèrent.

McClintock les contempla longuement. Il semblait réfléchir. Puis, dans un brusque sursaut, il donna l'ordre de rassembler les hommes.

— Mes compagnons, mes amis, nous qui sommes semblables aux Argonautes…

Les hommes se regardèrent sans comprendre. McClintock préféra ne pas s'interrompre mais abandonna les références.

— Nous qui avons l'amour de la patrie et des grandes entreprises, nous que l'esprit britannique anime et galvanise…

Hobson se gratta la tête.

— Nous qui sommes partis à la recherche des héros qui ont risqué leurs vies pour la science et le royaume…

De grands yeux vides le regardèrent.

— Nous qui affrontons déjà l'adversité depuis deux années sans jamais nous décourager…

Il y eut plusieurs soupirs.

— Nous qui combattons le froid, la glace, les vents et les solitudes…

Certains resserrèrent leurs fourrures.

— Le moment est venu, face à ces terres stériles qui emprisonnent notre bateau dans une course sans espoir, de prendre une décision…

Une lueur d'espoir s'alluma dans les yeux des marins.

— Une décision qui n'est pas facile, qui pourra déplaire à certains…

La lueur s'empara de tous les regards.

— Mes amis, mes frères…

Tous étaient suspendus à ses lèvres.

— NOUS CONTINUERONS À PIED ! cria-t-il en levant les bras comme une marionnette.

Les bouches s'ouvrirent de stupéfaction.

Quelques minutes plus tard, Petersen alla converser à voix basse avec le capitaine.

— Une solution pour le moins désespérée, capitaine, fit Petersen. Vous voulez traverser la péninsule Boothia puis atteindre l'île du Roi-Guillaume *à pied* ?

— La seule solution à notre disposition, répondit McClintock en clignant de la paupière droite. Et puis ce n'est pas totalement à pied puisque nous avons des traîneaux et des chiens.

— Et si l'île est entourée d'une mer libre ?

— Certaines cartes indiquent qu'il ne s'agit pas d'une île mais d'une excroissance de la péninsule.

— Et si c'est une île ?

— Nous passerons sur la glace.

— Et s'il n'y a pas de glace ?

— Il y en aura.

— Vous ne trouverez pas beaucoup de volontaires.

— Je n'ai besoin que de dix hommes. Et puis je suis le capitaine : un volontaire, ce n'est jamais qu'un homme à qui j'ai donné un ordre.

Il en eut onze avec William Hobson. Le lieutenant aux favoris roux (et McClintock s'aperçut pour la première fois que la rousseur se teintait de gris) n'avait que 27 ans, des yeux bleus pleins d'une ironique mélancolie et un courage sans rhétorique qui en faisait un allié sûr.

Le départ eut lieu le 2 avril. Il faisait – 30 °C mais le vent s'était apaisé. Ils partirent avec quatre traîneaux, deux tirés par des hommes, deux par des chiens. Le traîneau de McClintock, conduit par Petersen, arborait la bannière de lady Franklin, les lettres de son nom en blanc sur fond rouge. Le Dr Walker demeurait à bord du *Fox* avec le reste de l'équipage. Les douze hommes abandonnèrent le bateau avec un mélange d'espoir et de tristesse : deux jours plus tôt, un des marins, Sand, était mort dans son sommeil. Depuis quelque temps, cette étrange humeur qu'on nomme le mal du Nord s'était emparée de lui, ses pensées divaguant au sujet de la mort de Scott, et ses propos devenant incohérents. On ne savait ce qu'était ce mal qui s'emparait des corps et des âmes. C'était peut-être l'absence de soleil, de lumière, le froid permanent – ce territoire désespérant : l'âme en était brisée.

Leur équipement était simple, mais supérieur à celui de Franklin. L'exemple de Rae les inspirait et, même s'ils n'avaient pas adopté les mocassins indiens, ils étaient moins lourdement chargés, délaissant les tentes pour ce que McClintock appelait les *snow-huts,* les igloos. Ils avaient des provisions pour quatre-vingt-quatre jours, ce qui semblait suffisant pour atteindre l'île du Roi-Guillaume et en revenir, le tout en explorant ces quelques centaines de miles que les cartes ne dessinaient pas encore.

Le voyage était fatigant. La péninsule Boothia était hérissée de crêtes et, sur la glace neigeuse et crissante, les traîneaux glissaient mal. La réverbération torturait les yeux malgré les lunettes fendues, les hommes subissaient des brûlures de froid et les peaux du visage en étaient lacérées comme par des fouets. Ils marchaient dix à douze heures par jour, un homme, souvent McClintock, traçant la piste à l'avant, les quatre traîneaux suivant derrière. À la fin de la journée, on retirait les harnais des chiens, sciait des blocs de glace pour bâtir l'igloo, ce qui prenait entre une heure et demie et deux heures. Puis on nourrissait les chiens et alors seulement on pouvait se retirer sous l'abri pour manger et dormir. Hobson semblait souffrir plus que les autres de ce rythme, ce qui était surprenant, car il avait toujours été d'une grande énergie.

Ils espéraient rencontrer des Inuit. Ils finirent en effet par croiser un groupe de quatre chasseurs qui, tout en retenant leurs chiens, abaissèrent leurs lances et, sans manifester la moindre surprise, expliquèrent qu'ils avaient pourchassé un phoque sur la glace et qu'ils rentraient désormais chez eux.

— Regardez leurs lances, capitaine, murmura Petersen.

McClintock regarda sans comprendre.

— Le bois. C'est du chêne ! dit Petersen. Vous avez déjà vu du chêne par ici ?

McClintock comprit enfin. Instinctivement, il posa sa main sur l'étui de son pistolet, dont il déboucla le cuir. Il pensa à l'article de Dickens, affirmant que les Esquimaux avaient sans doute attaqué et tué les Anglais, dissimulant leurs crimes par ces mensonges anthropophages. Et puis il se raisonna : que pouvaient craindre douze hommes armés et en bonne santé face à quatre Esquimaux avec des lances de chêne ?

— Nous allons les accompagner jusque chez eux, dit-il. Nous en apprendrons davantage.

Ils marchaient depuis une heure lorsque le soleil baissa. Comme le campement était encore loin, McClintock leur demanda de bâtir une habitation pour la nuit contre paiement.

— Tu leur proposeras une épingle par personne pour la tâche, dit-il à Petersen.

— Pas trop cher payé, capitaine, fit Petersen.

— Ils se sont déjà payés en pillant les nôtres.

En une heure, les Inuit avaient bâti un grand igloo qui les accueillit tous pour la nuit.

Le lendemain, ils arrivèrent au campement, près du cap Victoria, au sud-ouest de la péninsule Boothia. Il y avait là un peu plus de quarante personnes, des vieillards aux enfants. McClintock, ne sachant comment les interroger, s'en remit au troc.

Il sortit donc couteaux, aiguilles, ciseaux, limes et les déposa sur une peau de renne étendue sur le sol. Aussitôt, comme il l'avait escompté, on lui apporta des cuillères d'argent, des boutons, une médaille au nom de McDonald, le médecin assistant du *Terror,* des arcs et des flèches, des lances sculptées dans le bois d'un navire. Un peu tremblant, McClintock contempla tout cela sans mot dire.

— D'où viennent ces objets ? demanda-t-il d'une voix sourde.

Un homme au grand sourire ingénu répondit.

— D'un bateau écrasé par les glaces à côté de l'île du Roi-Guillaume, traduisit Petersen.

— À côté ? Que signifie *à côté* ?

— Que les Inuit ne connaissent pas les points cardinaux, capitaine.

McClintock hocha la tête.

— Rae avait néanmoins déduit de ses entretiens que c'était à l'ouest de l'île. Mais je ne suis pas certain qu'on puisse s'y fier. Demande à cet homme s'il a vu des survivants.

Petersen posa la question.

L'homme eut le même sourire.

— Ils disent que personne ici n'a vu de survivants. Il y en a un qui a vu les Kabloonas mais il n'est pas là.

— Où est-il ? Peut-on l'attendre ?

Petersen traduisit.

L'homme, sans plus sourire, désigna une femme du doigt. Petersen haussa les épaules.

— Je suppose que l'homme est mort. Ils ne parlent pas des morts. Seulement des vivants. C'est pour cela que personne ne dit plus rien. Cette femme doit être de sa famille, sa femme ou sa fille.

Un Inuk regardait la scène. De petite taille, il se tenait silencieux, les bras croisés. C'était un homme encore jeune peut-être – McClintock avait du mal à donner un âge à ces êtres –, robuste, mais ce qui frappa le capitaine, c'était son silence et le cercle que les autres formaient autour de lui.

— Cet homme, là, dit-il à Petersen, c'est un sorcier, un chef ? Pourquoi les autres laissent-ils ce vide autour de lui ?

Petersen revint dix minutes plus tard.

— Je ne pense pas qu'il ait une fonction particulière. Il est seulement respecté. Son nom est Anuki.

McClintock sursauta.

— Je connais ce nom. Rae l'a cité dans son rapport. Anuki est celui qui a découvert des corps sur l'île du Roi-Guillaume et…

Il se tut. Petersen regarda le capitaine : Anuki était surtout celui qui avait déclenché l'accusation de cannibalisme dans le rapport de Rae. Peut-être valait-il mieux se taire en effet.

McClintock marcha vers l'homme. Celui-ci leva les yeux vers l'étranger sans bouger. Son visage n'exprimait aucune émotion, comme s'il n'avait eu personne en face de lui.

— Vous avez parlé autrefois à un Kabloona du nom de Rae.

Anuki ne répondit rien.

— Avez-vous vu des survivants ?

— Non, répondit Anuki par l'entremise de Petersen.

— Et avez-vous vu un bateau ?

Aucune réponse.

— Ils ont tous vu un bateau, intervint Petersen. Ils sont montés à bord, ils ont pris tout ce qu'ils pouvaient avant qu'il ne sombre. C'est du moins ce qu'ils disent. C'est de là que vient le bois. Ils l'ont démembré. Et tout le reste aussi, les cuillères, les insignes. Cela doit être dispersé entre les différents campements.

— Rae était certain qu'Anuki en avait vu plus que les autres.

Petersen parla longuement à Anuki. Le visage fermé, celui-ci ne répondait rien. Il y eut un long silence. Et puis tout à coup, il cracha une courte phrase.

— Il y avait un géant avec de longues dents à bord du navire.

— Un géant ?

— Un homme mort, traduisit Petersen.

Petersen ne put en savoir davantage. Simplement, d'autres hommes hochèrent la tête à l'évocation du géant. McClintock, éberlué, se demandait de qui ils pouvaient bien parler.

— Ils sont tous très petits. Il suffit d'un cadavre de grande taille, tenta d'expliquer Petersen.

McClintock, dubitatif, se taisait.

Un vieil hommc, unc lance pointée contre le sol, se détacha des autres. Il expliqua qu'il s'appelait Unalik et que des années plus tôt, on lui avait dit qu'un bâtiment avait coulé « là-bas », dit-il en indiquant l'ouest, à huit journées de marche. Et sur la neige, il dessina un bras de mer qui pénétrait le littoral. C'est à l'entrée de ce bras de mer, ajouta-t-il en piquant l'endroit de sa lance, que tous les hommes avaient rejoint la rive pour aller vers le continent. McClintock se souvint que les Inuit pour se repérer avaient l'habitude de désigner des accidents du territoire, comme une falaise, une anse ou un bras de mer justement.

— Dans quelle partie de l'île se trouve ce bras de mer ? demanda McClintock.

Petersen haussa les épaules en signe d'ignorance. Chacun sentait de toute façon qu'on se rapprochait de la vérité.

7

L'expédition se divisa alors en deux groupes, ce qui était prévu depuis le début. Le premier groupe, dirigé par Hobson, se dirigea vers le nord de l'île du Roi-Guillaume, tandis que l'autre, avec McClintock, alla vers le sud. Avec ces deux groupes, ils espéraient quadriller l'île entière. Lorsqu'ils se quittèrent, Hobson était pâle. McClintock lui demanda s'il se sentait bien. Hobson sourit, expliqua que ce n'était rien, que ses jambes étaient bizarrement raides et douloureuses mais que cela passerait.

Les hommes de McClintock quittèrent Boothia, passèrent le détroit gelé qui les séparait de l'île du Roi-Guillaume. Malgré ce que les cartes de l'époque de Franklin indiquaient, il s'agissait bien d'une île et non d'une excroissance de Boothia. En dix ans, la connaissance de l'Arctique, grâce à la Recherche, s'était beaucoup étendue. Ils rejoignirent au bout de trois jours de marche la côte sud-est de l'île. Là, se dirigeant toujours vers le sud, ils progressèrent en silence sur l'étendue livide qui avait vu la mort de leurs compatriotes. Il n'y avait plus que du blanc. Un blanc hérissé, avec ces curieuses plaques qui donnaient l'impression que la neige montait du sol, créée par la terre elle-même. Les rafales de vent transportaient la blancheur grise et morbide et l'écrasaient au sol. Des congères, des rocs de glace dressaient des baïonnettes dans ce désert de froid, sous un disque solaire lourd et opaque, pesant comme un fardeau. La blancheur noire de l'Arctique, dans le silence, la glace, la solitude. Le blanc de l'effroi et des disparitions. En considérant ces lieux, personne n'imaginait plus, s'ils l'avaient même imaginé un jour, découvrir des survivants. Il y avait là l'évidence de la fin, le territoire le plus vide qui ait jamais existé à la surface de la terre. Même Boothia était d'une autre nature que cette nudité totale, d'un silence absolu et mortel.

Leurs cœurs, ils ne savaient pourquoi, étaient pleins d'amertume. Peut-être parce qu'ils avaient néanmoins espéré, contre toute raison. Aucune raison ne tenait contre cette étendue. Ils marchaient vers la rivière du Gros-Poisson, sur le continent canadien, avec la certitude que les équipages de l'*Erebus* et du *Terror* avaient bien eu la rivière comme objectif puisqu'il n'y avait aucune autre solution. S'il restait des témoignages de leur passage, ils allaient les trouver.

Après avoir traversé le mince détroit de Simpson, toujours gelé en hiver, qui sépare l'île du Roi-Guillaume de la péninsule Adélaïde, sur le continent, ils atteignirent la rivière du Gros-Poisson. Là, ils s'arrêtèrent pour contempler l'étendue d'eau poissonneuse, de la taille des plus grands fleuves européens. Celle qu'on appelait aussi la rivière Back aurait ouvert aux survivants du *Terror* et de l'*Erebus* la porte du paradis.

Ils errèrent un peu. Pas parce qu'ils étaient perdus, mais parce qu'ils se mirent, à proximité de la rivière, à tourner en rond à la recherche des leurs. Les leurs, c'était vraiment cela. Ils cherchaient les leurs.

Ils marchèrent de nuit, pour épargner leurs yeux blessés. Ils ne trouvaient rien. Ils allaient comme des chiens en quête de traces et ils ne trouvaient rien. Est-ce que personne n'était arrivé jusqu'à la rivière ? Rae avait évoqué trente à quarante hommes avançant en trébuchant, mendiant de la nourriture, et autant de squelettes découverts ensuite par les Inuit. Mais il y avait encore 126 hommes à bord… Où étaient les autres ? Se pouvait-il, *contre toute raison*, que certains aient rejoint la rivière ?

La mort dans l'âme, ils rebroussèrent chemin. Ils repassèrent le détroit pour revenir sur l'île du Roi-Guillaume, avec le projet de remonter toute la côte ouest. Ils n'eurent pas à aller bien loin. À peine eurent-ils traversé le détroit que dans un lieu nommé sur la carte cap Herschel, peu après minuit, ils trouvèrent enfin un des leurs.

Un squelette aux os blanchis, mordillés par des petits animaux, étendu sur le sol. Les os drapés dans les haillons de ce qui avait été un uniforme de steward.

Un des hommes, Thompson, dit :

— C'est Thomas Armitage. Je le sais. J'ai appris la liste des hommes par cœur. Le steward, c'était Armitage.

Et ce squelette avec un nom leur semblait bien plus terrible qu'un anonyme.

— Il est tombé face contre terre en marchant et il

est mort, dit Thompson d'une voix morne. C'est sans doute ce qui leur est tous arrivé. Ils sont tombés et ils sont morts.

À côté de lui se trouvait un portefeuille. Il formait une masse compacte et gelée qu'il était inutile de chercher à ouvrir. Des heures plus tard, à la lueur du feu, le bloc de glace se déplia, d'une insigne fragilité, et les doigts abîmés et gourds des hommes défirent maladroitement des feuilles volantes qui semblaient des lettres, ainsi qu'un brevet de marin au nom de Henry Peglar.

— Ce n'est pas Armitage, c'est Peglar, dit Petersen.

Thompson secoua la tête.

— Peglar est un matelot. Il n'aurait jamais porté un uniforme de steward.

— Alors pourquoi ce brevet ?

McClintock réfléchit. Le nom de Peglar lui était un peu familier. C'était un matelot assez âgé dont on avait parlé à Londres parce qu'il avait abandonné la marine pour ouvrir un bar et n'était sorti de sa retraite que pour rejoindre l'expédition Franklin. On l'avait cité comme l'exemple d'une décision malheureuse.

— Je crois que Peglar et Armitage ont voyagé ensemble, dit-il. Ils étaient de l'escadre du sud, je pense. L'Amérique du Sud à mon avis.

— L'un a dû garder les papiers de l'autre, en souvenir.

Ils ouvrirent les feuilles volantes avec précaution. À la lueur du feu, les lettres leur parurent illisibles.

— C'est de l'allemand, non ? dit McClintock.

Tout le monde hocha la tête, sauf Petersen. Passionné par les langues, l'interprète regardait avidement les lignes mystérieuses.

— Non, ce n'est pas de l'allemand. C'est autre chose. Une sorte de code plutôt.

— Un code ? Pourquoi un steward écrirait-il en code ?

— Un steward ou ce Peglar…

Petersen, penché sur les papiers craquelés et les lignes effacées qui cachaient parfois des phrases entières, traquait un sens. Soudain, il sourit.

— C'est tout simple. C'est juste écrit à l'envers. De droite à gauche. Comme Léonard de Vinci. Le code le plus simple du monde.

McClintock rougit de joie.

— Est-ce que ces lettres racontent ce qui est arrivé ?

Petersen fronça les sourcils en lisant.

— Je ne comprends pas bien. Beaucoup de lignes sont illisibles, ce portefeuille a passé des années dans la neige. Et même lorsque des mots apparaissent, j'ai du mal à en saisir le sens. Il y a des mots isolés, puis des vers, comme des chansons.

Il soupira.

— Ce n'est pas ce soir que je pourrai le déchiffrer. Revenons au *Fox* et je m'attellerai à la tâche.

C'est ce qu'ils firent, au milieu d'un brouillard qui les encercla pendant des jours.

Ce même brouillard, quelques dizaines de miles plus au nord, égara William Hobson. Celui-ci, comme prévu, avait traversé l'île du Roi-Guillaume d'est en ouest. Dans le nord-ouest de l'île, une tempête de neige avait enveloppé son groupe, annulant l'espace et le temps, dans la dissolution de toutes choses. Les six hommes avaient été saisis d'un aveuglement illimité, une force qui se plaquait sur leurs yeux et leurs sens et les empêchait d'avancer. Leurs corps criblés d'innombrables pointes de glace, douloureuses et suffocantes, étaient en butte à un destin sans nom auquel ils prêtaient une forme maléfique. Hobson était un homme plus étrange que ne le pensaient McClintock ou ses propres hommes. Il avait compris depuis longtemps que la fascination qu'il éprouvait pour le sort de Franklin recouvrait sa propre disparition. En ville, en Angleterre, sa vie, la renommée de sa famille (son père avait été gouverneur de Nouvelle-Zélande, raison pour laquelle Jane Franklin le connaissait bien) lui pesaient. Il était parti pour échapper à tout cela. Certains qualifiaient cet appel d'aventure, lui était bien conscient qu'il s'agissait d'autre chose et à cette autre chose il avait fini par donner le nom de disparition. Au milieu de la tempête, Hobson fut peut-être un homme heureux. Du moins, il atteignit le sommet de son être ; s'il est resté dans l'histoire des hommes, en une courte mention qui n'intéresse que les aventuriers, les explorateurs et les obsédés de l'infini, c'est pour ces jours perdus dans la tempête de l'île du Roi-Guillaume. Les six hommes n'étaient plus que des ombres blêmes, des fragments dilués dans cette substance neigeuse fragmentaire, et lui-même, en tête du groupe, accomplit en somme son destin.

Ils avaient passé deux jours à l'abri relatif d'un igloo maladroit. Comme la tempête ne faiblissait pas, Hobson avait décidé de continuer vers le nord de l'île. Courbés sous la furie élémentaire, ils avançaient. Ils ne marchaient pas pour survivre, ils marchaient pour trouver les restes épars d'une expédition qui leur livreraient la vérité. Il faut croire que pour cette vérité, qui avait déjà fait beaucoup de victimes, beaucoup d'hommes étaient encore prêts à mourir.

Une forme, à vingt pas devant Hobson, se dessina dans la tempête. Le cœur du lieutenant battit plus vite. Qui pouvait être cet homme vêtu de fourrures, plus grand qu'un Inuk ? Hobson pressa le pas, sans que les hommes derrière lui en comprennent la raison. Et c'est alors qu'il reconnut la forme : c'était son propre frère, mort cinq ans auparavant. L'apparition se tourna vers lui avec douceur. Elle ouvrit la bouche et il y eut des mots silencieux. La neige faisait comme des miroirs qui donnaient l'impression d'un jeu de doubles et de jumeaux.

Hobson hocha la tête et se mit à parler. Les mots ne passèrent pas la barrière de ses lèvres. Peut-être n'avait-il pas vraiment parlé. Le frère eut un sourire très doux, toujours cette douceur, comme si les morts voulaient du bien aux vivants, et William Hobson s'en réjouit. Il se demanda s'il ne s'agissait pas juste de son reflet, mais son frère et lui s'étaient toujours beaucoup ressemblé. À présent, son frère était simplement plus jeune que lui.

La tempête aveuglait tout et Hobson se demanda comment il pouvait aussi bien distinguer son frère. Il avait l'impression de ne plus avancer et pourtant, puisque ses hommes ne le rattrapaient pas, c'est qu'il était en train de marcher. Tout cela était assez étrange mais cette île était de toute façon très étrange et lui-même n'avait jamais été un modèle d'équilibre.

Le sang jaillit de son nez, tachant de rouge ses vêtements. La saveur d'acier se mêlait à un froid intense et à des piques douloureuses qui venaient peut-être du froid.

Hobson se dit qu'il aurait bien aimé survivre à tout cela mais il sentit que ce ne serait pas le cas. Et il s'effondra.

Quand il se réveilla, il se trouvait dans un igloo. La chaleur des six corps serrés dans l'espace réduit et la fourrure sur le sol les protégeaient du froid.

— Merci, dit-il.

Les hommes le regardèrent avec gêne.

— Dès que je me sentirai mieux, je repartirai.

— La tempête souffle toujours. Vous allez mourir, lieutenant.

— Peut-être.

Et il s'endormit. Le lendemain, il retourna dans la tempête accompagné de cinq hommes désabusés et incrédules. Le vent soufflait avec moins de violence, mais la brume épaisse semblait égarer davantage encore. Ils avançaient toujours. Hobson se souvenait d'obscures légendes dont les héros parvenaient au bout du monde et il était bien conscient d'avoir traversé cette limite, vers un hors-monde aux contours indifférenciés. Ils avaient découvert le monde des légendes et des âmes mortes – le monde de la disparition. Et celui-ci n'était pas sans attraits.

Après quelques heures, lorsque sa fatigue atteignit un niveau inquiétant, trop inquiétant pour n'être qu'une simple fatigue, lorsque des douleurs aux jambes l'élancèrent et que, passant sa main dans la bouche, il la retira pleine de sang – il ne pouvait y avoir qu'une seule explication à ces symptômes –, son frère revint vers lui. James Hobson avait deux ans de plus que lui. C'était un aîné cruel, que William admirait. James l'avait souvent battu, par jeu ou colère. Son expression avait perdu toute brutalité, elle était même d'une douceur séraphique un peu suspecte. James s'enfonça dans la brume et bifurqua vers la gauche, ce qui surprit le lieutenant. En bon frère, il s'engagea néanmoins à sa suite. Et puis était-ce vraiment James ou était-ce un autre lui-même… ? En suivant son frère, il tomba sur un cairn et les restes d'un campement. Des bouts d'étoffe jonchaient le sol : trois tentes en lambeaux. Plus loin, des objets abandonnés : une boussole, les morceaux d'une paire de lunettes, de la ficelle, une boîte à pharmacie… Les fragments du désastre.

Hobson revint au cairn. Il défit le tas de pierres, sans hâte, comme s'il accomplissait une activité quotidienne. Un cylindre lui apparut, qu'il ouvrit et qui déversa plusieurs papiers. La neige tombait trop dru pour qu'il en prenne connaissance.

Il fallut bâtir de nouveau un igloo, ce qui, dans son état, était épouvantablement difficile. Il s'aperçut soudain qu'ils étaient en fait six à le bâtir, ce qu'il trouva surprenant, d'autant qu'il ne savait pas bien qui étaient les hommes autour de lui – peut-être James diffracté ou d'autres âmes mortes ou lui-même. En écarquillant les yeux, il lui semblait bien que c'était lui-même. Et puis il s'évanouit.

Se réveillant dans l'igloo, avec cette impression de toujours revivre la même scène lancinante, il se vit entouré de ses cinq hommes qui le considéraient toujours de cet air gêné. Le cylindre était dans ses mains. Il le dévissa : les papiers étaient blancs, délavés par la neige. Comme d'habitude, tout était défait.

— Il y a eu des dessins là-dessus, lieutenant, fit une

voix. C'est sûr. Il y a bien longtemps. Et puis il y a les tentes. À mon avis, on n'est plus très loin.

Hobson sombra de nouveau, mais il était d'accord. Lorsqu'il revint de son évanouissement, les formes et les sons étaient plus lointains que jamais. Il tendit la main pour retrouver le contact avec les êtres et les choses. Sa propre voix lui parut lointaine.

— Dès que je me sentirai mieux, je repartirai.

— La tempête souffle toujours. Vous allez mourir, lieutenant.

Toujours cet air gêné des marins. Toujours la distance et la disparition progressive…

Et puis il y eut le moment – était-ce un, deux ou trois jours plus tard ? – où William Hobson se retrouva dans la tempête avec l'envie permanente de vomir. Il n'avait pas mangé pourtant, à moins que ses hommes ne l'aient nourri. Ses dents lui faisaient mal.

Cinq hommes entouraient un cairn d'environ un mètre de haut. Puis ils se mirent en mouvement, toujours avec ces gestes trop lointains. Ils y trouvèrent une pioche brisée, une boîte vide et un cylindre. Un des marins dévissa le cylindre. Il se retourna vers Hobson.

— On a trouvé, lieutenant.

8

Dans la cabine du *Fox,* McClintock considéra le lieutenant Hobson avec compassion. Comment avait-il pu ne pas comprendre lorsque son second lui avait parlé de ses douleurs aux jambes ? La pâleur de la peau, l'épuisement manifeste, les gencives saignantes, tout signalait le scorbut. Son regard s'abaissa vers les mains amaigries – des serres, pensa-t-il – qui tenaient un objet oblong.

— Et maintenant, nous savons, dit Hobson d'une voix pleine de douceur.

Il tendit le cylindre. Le capitaine le saisit et il découvrit ceci, qui est sans doute la note la plus célèbre des explorations britanniques :

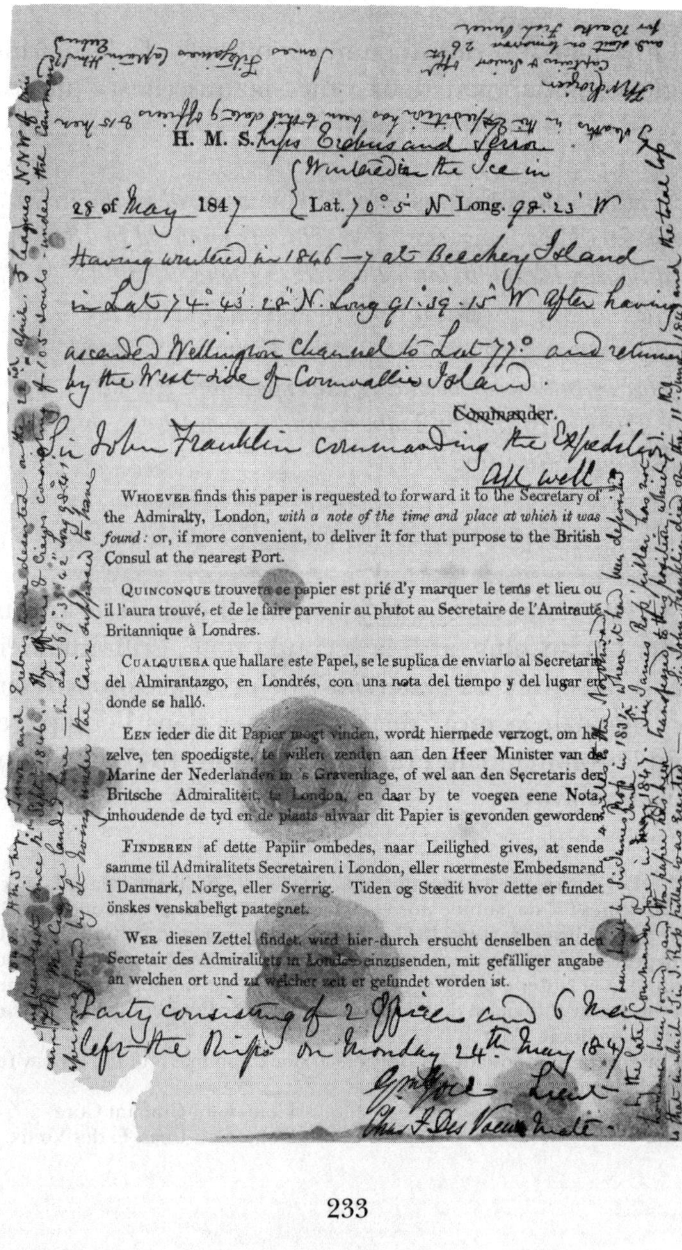

H. M. S. hips Erebus and Terror

Wintered in the Ice in

28 of May 1847 Lat. 70° 5' N Long. 98° 23' W

Having wintered in 1846—7 at Beechey Island in Lat 74° 43' 28" N. Long 91° 39' 15" W after having ascended Wellington Channel to Lat 77° and returned by the West side of Cornwallis Island.

~~Commander.~~

Sir John Franklin commanding the Expedition.

All well

WHOEVER finds this paper is requested to forward it to the Secretary of the Admiralty, London, *with a note of the time and place at which it was found*: or, if more convenient, to deliver it for that purpose to the British Consul at the nearest Port.

QUINCONQUE trouvera ce papier est prié d'y marquer le tems et lieu ou il l'aura trouvé, et de le faire parvenir au plutot au Secretaire de l'Amirauté Britannique à Londres.

CUALQUIERA que hallare este Papel, se le suplica de enviarlo al Secretario del Almirantazgo, en Londrés, con una nota del tiempo y del lugar en donde se halló.

EEN ieder die dit Papier mogt vinden, wordt hiermede verzogt, om het zelve, ten spoedigste, te willen zenden aan den Heer Minister van der Marine der Nederlanden in 's Gravenhage, of wel aan den Secretaris der Britsche Admiraliteit, te London, en daar by te voegen eene Nota, inhoudende de tyd en de plaats alwaar dit Papier is gevonden geworden.

FINDEREN af dette Papiir ombedes, naar Leilighed gives, at sende samme til Admiralitets Secretairen i London, eller nœrmeste Embedsmand i Danmark, Norge, eller Sverrig. Tiden og Stœdit hvor dette er fundet önskes venskabeligt paategnet.

WER diesen Zettel findet, wird hier-durch ersucht denselben an den Secretair des Admiralitets in London einzusenden, mit gefälliger angabe an welchen ort und zu welcher zeit er gefundet worden ist.

Party consisting of 2 Officers and 6 Men left the Ships on Monday 24th May 1847

G M Gore Lieut

Chas F Des Voeux Mate

[Marginal annotations:]

...848 H M S hips Terror and Erebus were deserted on the 22nd April 5 leagues NNW of this having been beset since 12th Sept 1846. The officers & Crews consisting of 105 souls under the command of Captain F. R. M. Crozier landed here — in Lat 69° 37' 42" Long 98° 41' This paper was found by ... under the Cairn supposed to have been built by Sir James Ross in 1831 — 4 miles to the Northward — where it had been deposited by the late Commander Gore in May 1847. Sir James Ross' pillar has not however been found and the paper has been transferred to this position which is that in which Sir J. Ross' pillar was erected — Sir John Franklin died on the 11 June 1847 and the total loss by deaths in the Expedition has been to this date 9 officers & 15 men.

James Fitzjames Captain HMS Erebus

F R M Crozier Captain & Senior Offr

and start on tomorrow 26th for Backs Fish River

Le papier, un des documents officiels de la marine anglaise, juxtaposait deux notes manuscrites, l'une de mai 1847, l'autre d'avril 1848.

H.M.S ships Erebus *and* Terror *wintered in the Ice in lat. 70 05' N., long. 98 23' W. Having wintered in 1846-7 at Beechey Island, in lat. 74 43' 28" N., long. 91 39' 15" W., after having ascended Wellington Channel to lat. 77°, and returned by the west side of Cornwallis Island. Sir John Franklin commanding the expedition. All well.*

Party consisting of 2 officers and 6 men left the ships on Monday 24th May, 1847.

GM. Gore, Lieut.
*Chas. F. Des Vœux, Mate**.

À cette date, *tout va bien*, comme il était écrit et souligné. Un an plus tard, la seconde note, griffonnée en marge, à l'envers, la matérialité même trahissant le désarroi, signalait la mort de 24 hommes dans l'équipage, dont le commandant Franklin, le 11 juin 1847, et l'abandon des navires :

* « Les navires de Sa Majesté *Erebus* et *Terror* ont hiverné dans la glace par 70 degrés 05' de latitude nord et 98 degrés 23' de longitude ouest. Après avoir passé l'hiver de 1846-1847 à l'île Beechey par une latitude nord de 74 degrés 43' et 28" et une longitude ouest de 91 39' 15", sommes remontés jusqu'à la latitude de 77 degrés dans le canal de Wellington et sommes revenus par la côte ouest de l'île de Cornwallis. Sir John Franklin commandant l'expédition. Tout va bien.

Un groupe composé de six officiers et deux hommes a quitté les navires le lundi 24 mai 1847.

Lieutenant Graham Gore
Lieutenant Chas. F. des Vœux. »

H.M.S. ships Terror *and* Erebus *were deserted on the 22nd April, 5 leagues N.N.W. of this, having been beset since 12th September, 1846. The officers and crews, consisting of 105 souls, under the command of Captain F.R.M. Crozier, landed here in lat. 69° 37' 42" N., long. 98° 41' W. Sir John Franklin died on the 11th June, 1847; and the total loss by deaths in the expedition has been to this date 9 officers and 15 men.*

F.R.M. Crozier, Captain *James Fitzjames,*
& Senior Officer. *Captain H.M.S. Erebus.*
and start on tomorrow, 26th,
*for Back's Fish River**.

En quelques lignes d'une effrayante simplicité, tout était dit. Mort de Franklin, perte de vingt-quatre hommes et départ des survivants pour la rivière du Gros-Poisson, qu'ils n'atteignirent jamais.

McClintock relut avec étonnement la date de la mort de Franklin : le 11 juin 1847. À un moment où personne, sauf peut-être lady Franklin, ne s'inquiétait. Des

* « Les navires de Sa Majesté *Erebus* et *Terror* ont été quittés le 22 avril, à cinq lieues nord-nord-ouest de ce point, en ayant été immobilisés depuis le 12 septembre 1846. Les officiers et les équipages, composés de 105 hommes sous le commandement du capitaine Francis R.M. Crozier, ont rejoint la terre en ce lieu, sous la latitude 69° 37' 42'' et la longitude 98° 41' ouest. Sir John Franklin est mort le 11 juin 1847. Le nombre total de morts de l'expédition s'élève à cette date à 9 officiers et 15 hommes.

F.R.M. Crozier James Fitzjames
capitaine et officier supérieur capitaine de l'*Erebus*
Et départ demain 26 avril
pour la rivière du Gros-Poisson. »

dizaines d'expédition étaient parties à la recherche de deux équipages, bien sûr, mais avant tout d'un homme qu'on célébrait dans toutes les églises du pays. Et cet homme était mort depuis des années.

Il pensa aux habits verts de lady Franklin. À son refus de porter le deuil.

— Où se trouvait cette note ? demanda McClintock.

— À Point Victory.

McClintock se mit à trembler.

— Point Victory ? murmura-t-il.

— Oui, capitaine.

Ainsi, tout s'était déroulé comme l'avait annoncé le fantôme. « Erebus and Terror. Sir John Franklin, Lancaster Sound, Prince Regent Inlet, Point Victory, Victoria Channel. » L'expédition avait suivi l'expérience des fantômes, lieu après lieu, révélation après révélation. Il n'y avait qu'à s'incliner.

— Est-ce que vous avez trouvé autre chose ? demanda-t-il.

— Oui.

Le capitaine leva la tête vers son lieutenant. Celui-ci était encore plus pâle en poursuivant son récit.

Après la découverte de la note, à l'endroit dit « Erebus Bay », alors qu'ils tentaient de suivre la ligne du littoral, une ligne toujours flottante et effacée par les conditions, les marins avaient aperçu un grand canot sur la plage à côté duquel était abandonné un traîneau.

— Pour atteindre la rivière du Gros-Poisson, les survivants, dit Hobson, ont tiré les canots de sauvetage sur des traîneaux halés à dos d'homme, avec des cordes de huit centimètres de diamètre. Le traîneau devait peser plus de 300 kilos à lui seul. Ils n'avaient aucune chance. Même des hommes en pleine santé n'auraient pas pu le faire. Et après trois années emprisonnés dans la glace, il ne pouvait pas y avoir d'hommes en bonne santé.

Le capitaine observa les lésions de scorbut sur la peau de Hobson. Il hocha la tête.

— On a mesuré le canot, poursuivit Hobson. Il faisait plus de huit mètres. À l'intérieur, il y avait des fusils et des munitions, des couverts, une boîte de conserve, des couvertures et des peaux d'ours, des vêtements, des livres religieux et un exemplaire du *Vicaire de Wakefield.*

— *Le Vicaire de Wakefield* ?

— Oui.

La respiration de Hobson se faisait pressante.

— Il y avait aussi une mâchoire humaine, dit-il. Une grande mâchoire. Et sous une couverture, le reste du squelette. Et un autre squelette à quelques pas du canot.

Des larmes perlaient au bord de ses yeux.

— Cent cinq hommes ont quitté les deux navires pour rejoindre la rivière du Gros-Poisson. Personne ne semble avoir survécu.

Le *Fox* rentra à Londres le 23 septembre 1859. Pendant toute la traversée, Petersen s'était penché sur les papiers de Peglar, comme il les appelait. Il avait ouvert chacun des feuillets repliés comme on déplie un manuscrit antique et précieux – ce qu'ils étaient – et malgré les taches, malgré les lettres effacées, malgré l'encre pâlie par la neige, il avait tenté de comprendre le mystère. Il lui avait semblé déchiffrer certains papiers, des réminiscences de pays lointains et chauds, du Venezuela, des tropiques, comme seul un homme saisi dans la glace du pôle peut les avoir. Et cela lui faisait mal au cœur de penser combien cet homme avait rêvé de chaleur, d'eaux libres pendant la nuit désespérée de son emprisonnement. Il y avait aussi la parodie du poème de Barry Cornwall *The Sea*, populaire parmi les marins, avec des citations, des déformations, des obscénités, le tout entrelacé à des vers de Peglar lui-même – ou du moins de l'auteur de ces étranges lignes. Et Petersen se demandait quelle pouvait bien être la personnalité de cet homme, qu'on l'appelle Armitage, Peglar ou encore différemment, qui avait trouvé le réconfort dans l'écriture et qui avait jugé ces papiers si importants qu'il les avait glissés dans son portefeuille pour l'accompagner dans l'ultime marche vers la rivière du Gros-Poisson. Au milieu ou parfois sur le côté de la page étaient insérés de brefs passages, sibyllins, sur la vie à bord : « breakfast to be short rations », « whose is this coffee » « the Terror camp clear », qui ne disaient presque rien, ne révélaient presque rien, et toutes les tentatives de Petersen pour comprendre ce que ces hommes avaient vécu pendant trois ans échouaient.

Pourtant – et les longues conversations avec Hobson, McClintock, Walker et Young l'avaient bien établi –, toute la lumière avait été faite sur le destin de Franklin et des siens. Il y avait eu tant d'expéditions, arrachant chaque fois des parcelles de la vérité, le *Fox* ayant été l'expédition ultime, et la plus fructueuse, qu'on ne doutait plus des faits.

L'*Erebus* et le *Terror* étaient partis le 19 mai 1845 de Greenlithe, puis ils étaient allés jusqu'au Groenland, avaient traversé la baie de Baffin, puis le détroit de Lancaster. Ils avaient hiverné à l'île Beechey, où trois hommes étaient morts. Ensuite, ils étaient entrés dans l'inconnu, s'étaient engagés au nord-ouest dans le canal de Wellington puis, ne pouvant percer la banquise, avaient exploré la côte de l'île qu'on appelle désormais Cornwallis, toujours en vain, errant à la recherche d'un passage impossible. Alors, ils avaient cherché vers le sud, pénétrant le détroit de Peel, puis ils étaient passés entre l'île Somerset et celle du Prince-de-Galles, entrant dans le détroit de Victoria, et ils avaient rencontré là une muraille de glace. Ils avaient foré, percé, scié pour progresser encore un peu et puis la glace s'était mortellement figée autour d'eux, en septembre 1846, les condamnant à l'hivernage. Ils avaient affalé les voiles, tendu la bâche au-dessus des navires et puis le temps s'était arrêté, à quelques kilomètres à l'ouest de la terre du Roi-Guillaume, que les cartes fautives de l'époque – les différentes expéditions de la Recherche avaient depuis entièrement cartographié la zone – indiquaient comme une presqu'île de la péninsule Boothia. Une terre connue, déjà explorée en partie, qui se trouvait non loin du continent canadien, de la rivière du Gros-Poisson, dans cette partie du globe où s'était jouée toute la vie de Franklin, entre l'expédition Coppermine et sa fin immobile. Il était revenu vers le passage du Nord-Ouest et, cette fois, il en était mort. Ses hommes avaient quant à eux attendu trois années. Le premier été n'avait pas libéré les bateaux. Ils avaient tout essayé, c'était certain, leur vie en dépendait. Mais la glace figeait tout. Et le deuxième été, la glace les retint encore. C'étaient les années les plus froides du siècle. Alors, au troisième été, ils avaient tenté, Crozier à leur tête, de rejoindre la rivière du Gros-Poisson. Affamés, malades du scorbut, à n'en pas douter, s'épuisant à tirer d'énormes canots, ils étaient morts l'un après l'autre.

Cela, on le savait. Les faits, on les connaissait. Mais on ignorait tout des destins singuliers, des consciences. On ne pouvait qu'imaginer. L'attente dans le froid et le vent. Dans un froid sans égal. L'alternance d'espoir et de désespoir. La promiscuité. Les premiers morts. Les souffrances de la maladie. La peur de ne jamais revenir, de ne jamais retrouver les siens, de mourir comme des chiens sans sépulture.

Et c'est pourquoi Petersen cherchait à déchiffrer les papiers de Peglar. Il voulait trouver les hommes et pas seulement les faits. Lorsque le navire rentra dans les chantiers navals de Blackwall à Londres, le 23 septembre, Petersen était encore penché sur les signes mystérieux. Il n'avait rien découvert.

9

Lady Franklin, assise à son bureau, contemplait la note de Point Victory. Hobson, rétabli grâce à des litres de citron frais absorbés tous les jours en Angleterre, et McClintock se tenaient debout à ses côtés. William Coppin était assis sur un canapé.

— Nous avons suivi la route indiquée, lady Franklin, dit McClintock. Lancaster Sound, Prince Regent Inlet, Point Victory, Victoria Channel.

Hobson lui jeta un coup d'œil. Pourquoi ne pas mentionner le détroit de Peel qu'ils avaient au début emprunté ?

— Le 11 juin 1847, murmura Jane.

C'était cette même nuit qu'elle avait rêvé de John. La nuit de sa mort donc. Et le dernier message de son mari. Le message d'un fantôme. Elle avait affrété des dizaines de navires, rameuté le monde entier alors que John était déjà mort. Et l'homme qui lui rapportait cette preuve, ainsi que le destin, avait été guidé par un fantôme. *Comment le réel pouvait-il être aussi irréel ?*

— Vous voyez, William. Nous avons fini par découvrir

le sort de l'expédition. Il ne nous aura fallu que douze ans, dit-elle d'un ton sarcastique.

— Et la mort d'une enfant, ajouta Coppin de façon incompréhensible pour Hobson.

McClintock rougit. Si jamais la nouvelle de ces absurdités se répandait, sa réputation serait anéantie.

— Vous avez accompli votre devoir d'une façon éclatante, messieurs, dit Jane en se levant de sa chaise. L'Angleterre vous en est reconnaissante.

Hobson se gratta la tête.

— Il vous faut désormais écrire le récit de vos découvertes, poursuivit-elle. Il n'y a pas d'héroïsme sans récit. Vous pourrez ainsi témoigner de votre courage et de l'inouï sens du sacrifice qui a été celui de mon mari et de ses compagnons. Leur sang a été versé pour la découverte du passage du Nord-Ouest, ce qu'ils ont accompli et ce que personne n'avait jamais fait. Les équipages, avec un courage stupéfiant, ont affronté des conditions sans égales dans l'histoire de l'exploration et sont morts en atteignant la rivière du Gros-Poisson, dernier élément pour la découverte du passage. Les atroces affirmations de Rae sont balayées.

Une onde de chaleur traversa McClintock. Il eut le sentiment qu'on l'enfermait dans une cage. On lui confiait le soin d'écrire la légende. On lui dictait les termes, comme on lui avait dicté son chemin. L'expédition n'avait évidemment jamais découvert le passage du Nord-Ouest puisque les navires s'étaient arrêtés à l'île du Roi-Guillaume.

Jane comprit très bien ce qui se passait.

— C'est bien ce que vous ferez, n'est-ce pas, capitaine ?

McClintock ne répondait pas. Les mots s'étranglaient dans sa gorge.

— Ce récit fera de vous un héros, dit encore Jane d'une voix caressantc. De même que John n'en est devenu un qu'après son récit de l'expédition Coppermine. M. Hobson traversera le brouillard des morts, dit-elle en se tournant vers le lieutenant, pour ramener la note de Point Victory, qui deviendra la note la plus célèbre de l'histoire de l'exploration, et le capitaine McClintock sera l'intrépide explorateur qui aura traversé le monde à la recherche de l'expédition perdue, avec une lucidité et un courage qui le promettent au poste d'amiral de la marine. Un succès immense accompagnera votre récit et le pays entier n'aura plus d'yeux que pour vous. Je me flatte de vous obtenir une entrevue avec la reine elle-même, tenta encore Jane.

Le visage du capitaine était rouge de honte.

— N'est-ce pas, capitaine ? dit Jane d'un ton plus sec.

— Bien sûr, lady Franklin, répondit McClintock en s'inclinant. C'est un honneur immense que vous me faites là. Je ne suis pas sûr d'être à la hauteur de la tâche que vous me confiez, puisque je ne suis après tout qu'un modeste marin peu éduqué et de pauvre ascendance.

— C'est donc entendu, dit Jane avec enjouement.

William Coppin hocha la tête. La légende serait écrite. Elle ferait disparaître Weesy et les fantômes, on n'entendrait plus jamais parler de cannibalisme, les échecs se transformeraient en épreuves et les morts atroces en héroïques victoires. Le plus grand désastre de l'exploration britannique deviendrait le sacre des héros, avec cette faculté de mensonge qui escorte toute métamorphose.

Pour la plus grande gloire de l'Angleterre.

Lorsque Jane fut de nouveau seule, son masque d'enjouement tomba. Pauvre John ! L'homme-trois-fois-mort-et-toujours-revenu était bien mort cette fois. Il avait échappé à tout – la famine de la Coppermine, les canons de Trafalgar, la blessure du lac Borgne. Il avait échappé à tout et il était mort dans une cabine immobile, entouré de provisions, de livres, sans doute même avec une tasse de thé sur sa table de nuit. Un explorateur qui mourait dans une chambre… au sein d'un navire figé… même pas échoué, figé… pris dans les glaces d'un hiver sans fin. Il avait traversé toutes les mers du monde pour s'immobiliser près de l'île du Roi-Guillaume, près d'une étendue de galets. Une île toute plate, toute bête. Mourir dans le cercueil de glace qu'était devenu l'*Erebus*. Le bien nommé.

Jane soupira. Elle se demandait s'il avait eu peur. Ou s'il était mort paisiblement. Elle se mit sur le lit et tenta d'imaginer la nuit de sa mort, dans cette cabine de navire qu'elle avait visitée et qu'elle s'était si souvent représentée.

C'est le 11 juin que Franklin était mort, en sachant qu'il faudrait attendre un troisième hiver, épreuve qu'aucun navire n'avait jamais affrontée. C'est ce jour-là qu'il était mort. Que tous les Franklin étaient morts : le mari, l'amiral, le vainqueur de la Coppermine, le vaincu de la Coppermine, le gouverneur de Van Diemen, le vieillard de l'*Erebus*, le courageux et le peureux, le doux John et l'âpre Franklin, tous ces êtres vrais et faux rassemblés sous le nom de John Franklin s'étaient écoulés du corps allongé sur le lit comme autant de fantômes, les différents plans du temps et de l'être s'harmonisant sur un tableau fugitif et intense. Et à mesure qu'il s'était enfoncé dans l'ombre, Jane voulait imaginer qu'une lumière infinie se faisait en lui, qui n'était peut-être pas la lumière divine que le scrupuleux méthodiste entrevoyait autrefois, simplement la lumière de la fin qui s'étoilait en visions ; et peut-être un combat contre l'ombre, comme elle l'avait vu dans son rêve, l'esquisse vaine du combat, un spectre qui oscille et trébuche dans la nuit, un combat sans douleur ni désespoir, vain et beau combat de l'homme qui va mourir, comme on attend l'aube pour tomber à terre et se rendre.

Alors Jane Franklin pleura comme si la dépouille de son mari était étendue à côté d'elle sur le lit. Elle pleura sans fin, jusqu'à ce que vienne l'apaisement, comme elle n'en avait pas connu durant les douze dernières années.

10

Il y avait eu beaucoup d'expéditions. Chacune d'entre elles avait servi le récit final – et pourtant ces lambeaux de vérité n'étaient jamais que les fragments du désastre. Seul un homme aurait pu raconter les vivants et les morts. Il s'appelait Anuki, et Rae l'avait rencontré, et après lui McClintock. Tous deux avaient compris que l'Inuk en savait plus que les autres, mais Anuki s'était tu.

Ce n'était pas sans raison. À l'époque – nous étions alors en 1848, date à laquelle les survivants étaient partis vers la rivière du Gros-Poisson – Anuki était encore un très jeune homme. Et ce jeune homme avait un problème.

Anuki était un lâche. Personne ne savait d'où lui venait cette réputation, mais chaque fois qu'on parlait de lui, c'était pour hocher la tête avec dédain. Anuki lui-même se considérait comme peureux, sans savoir si d'autres que lui éprouvaient la même peur. Il était tombé amoureux d'une jeune fille nommée Tjani et il lui avait demandé de vivre avec lui.

Tjani avait secoué la tête.

— Tu es gentil, Anuki. Mais aucune femme ne peut vouloir d'un lâche.

Alors Anuki partit, ce qui surprit tout le monde. Il affirma qu'il allait affronter les Kabloonas, qu'il reviendrait avec des armes et des provisions et qu'il vivrait avec Tjani. Cela faisait suite à une rumeur qui avait traversé le campement : on aurait vu un groupe d'hommes blancs descendre vers la rivière Thlewechodyeth, la rivière du Gros-Poisson. Anuki n'avait jamais vu d'hommes blancs, mais il les connaissait de réputation : c'étaient des êtres grands et forts, armés de fusil. Ils étaient aussi dangereux que des ours mais Anuki ne se souciait pas d'affronter des ours. Les Blancs étaient un ennemi plus noble et extraordinaire, et les affronter reviendrait à effacer à jamais cette réputation infamante de lâche. Et puis Anuki, sans le savoir clairement, aimait l'inconnu. Aller au loin combattre ces étrangers revêtait l'avenir d'une poésie violente qui le fascinait.

Anuki partit en traîneau avec deux chiens groenlandais. La plupart du temps, il faisait la trace à l'avant, mais il lui arrivait aussi de se reposer sur le traîneau. Les chiens semblaient à peine sentir son poids. Bien qu'âgé de 18 ans il était resté de petite taille, même pour un Inuk.

Il faisait très froid cette année-là et le soleil, très bas sur l'horizon, luisait d'un éclat blanchâtre. Anuki avançait parce qu'il lui fallait épouser Tjani, de sorte qu'il ne se souciait pas du froid. La nuit, il dormait sur le traîneau, enroulé dans une fourrure, réchauffé par les chiens qu'il faisait monter à côté de lui lorsque la température descendait trop bas. Et les nuits de tempête, il bâtissait rapidement un igloo. Avec les chiens, il faisait rapidement chaud.

Un jour, il trouva des traces de bottes qui n'avaient pas été effacées. Une charge avait été traînée. Anuki les suivit. Il avait peur et il haïssait ce sentiment en lui parce qu'il se disait que les autres avaient raison et qu'il était bien un lâche. Même si son cœur battait plus fort, il continua son chemin, non pas pour combattre les hommes blancs mais pour se combattre lui-même.

Un point sombre apparut sur la neige. Anuki s'arrêta. « C'est le moment du combat », pensa-t-il. Il se dit qu'il allait mourir, que les Blancs étaient grands et forts comme des ours. Ses seules armes étaient un arc et son large couteau. Les Blancs possédaient des fusils. Il pensa à Tjani, il la vit et il l'entendit. Il se répéta ses paroles, et il songea à la honte qu'il avait éprouvée. Et puis il pensa à la peur. En lui s'affrontaient l'effroi et le fardeau de sa réputation. Il était venu pour ça, pour cette image de lui qui s'était insinuée dans les cœurs et qui lui avait aliéné tous les membres de son groupe. Alors, les jambes lourdes et tremblantes, il marcha vers le point sombre. Des taches noires voletaient devant ses yeux.

La distance s'amenuisant, Anuki se rendit compte que les Blancs ne bougeaient pas. Il pensa d'abord qu'ils étaient endormis et si sûrs d'eux qu'ils n'avaient laissé aucun garde. Mais en même temps qu'il se formulait cette pensée, une autre vérité se levait en lui, qui n'était pas sans susciter une forme de dégoût, mêlée d'inquiétude. Lorsqu'il arriva près du canot, il savait déjà que tous les hommes étaient morts. Alors il s'approcha des cadavres et se pencha vers eux. Leurs visages étaient pleins de souffrance, les bouches édentées ouvertes sur des gencives noires. Anuki savait que c'était le scorbut. Il se tourna vers le canot. Il comprenait très bien ce qu'avait dû être le calvaire de ces hommes poussant et tirant leur charge. Ils s'étaient effondrés à quelques dizaines de kilomètres de la rivière Thlewechodyeth, après avoir atteint le continent.

Il compta les corps, qui étaient au nombre de trente-six. Il regarda vers le ciel blanchâtre, toujours avec cette sourde inquiétude qui le tenaillait. Il avait même un peu de mal à respirer. Tous ces morts lui semblaient contraires à l'ordre naturel. Il y avait quelque chose de dérangé dans la nature. Trop de souffrance, trop de Blancs sur ce territoire vide.

Les corps étaient recroquevillés dans différentes positions. Certains avaient semblé vouloir chercher de la chaleur en se rapprochant.

Anuki regarda avec attention deux cadavres à qui les jambes et les bras manquaient. Il vit des os rongés. Plus loin, un crâne avait été brisé à coups de pierre. L'intérieur était vide.

Anuki comprit. Il se mit à vomir.

Cela ne dura pas longtemps. Ces êtres ne lui semblaient désormais plus du tout dangereux. Il fouilla les poches des marins. Dans un manteau, il trouva des ciseaux, qu'il garda. Il prit en plus deux fusils, avec des munitions. Il ne s'était jamais servi d'une arme, mais deux chasseurs de son campement en possédaient et il avait bien observé leurs gestes. Dans le bateau, il découvrit un pistolet abandonné, seul et froid. Il ouvrit également une boîte rouge. Dedans, il y avait une substance marron, qu'il goûta.

C'était amer et bon. C'était du chocolat, mais Anuki ne le saurait jamais. Il s'empara de la boîte, qu'il rapporta au traîneau, avec les armes et les ciseaux. Aux chiens, il donna un peu de chocolat. Les bêtes reniflèrent la friandise avec curiosité avant de la lécher puis de la dévorer. L'un d'eux eut un gémissement de plaisir.

À partir de la péninsule Adélaïde, Anuki traversa le détroit de Simpson, entre le continent et l'île du Roi-Guillaume, tous noms qu'il ignorait bien sûr et ignorerait toujours. S'il avait poursuivi sa route vers l'ouest de la péninsule Adélaïde, il aurait trouvé encore d'autres cadavres et, plus au sud, les étranges traces de quatre hommes et d'un chien, bête dont la présence est attestée à bord de l'*Erebus.* Ces traces étaient celles du groupe qui descendit plus loin vers le sud et la rivière du Gros-Poisson. Sans doute ces hommes et ce chien périrent-ils avant de l'atteindre, mais leurs squelettes ne furent jamais retrouvés et les rumeurs d'une survie par-delà les mers subsistèrent longtemps.

Au-delà du détroit, Anuki pénétra sur la terre morne de l'île du Roi-Guillaume, qu'il remonta par l'ouest. La vision des trente-six cadavres l'avait ébranlé et un grand silence s'était fait en lui. Il lui semblait qu'il n'avait plus peur. Il poursuivait un but qui n'était plus très clair puisque les Blancs étaient morts, mais les récits indiquaient qu'ils étaient venus par bateau. Anuki allait vers les bateaux, sans savoir où ceux-ci se trouvaient, sans même savoir pourquoi il allait vers eux.

La lueur du ciel était sinistre. Anuki sentait que, depuis sa découverte des cadavres, plus rien n'était normal. La neige même n'était plus une substance familière mais une sourde opposition crissante. Tout était menaçant, comme détraqué, il n'osait même plus regarder avec attention devant lui, de peur de voir surgir d'autres cadavres.

Il comprit pourtant que la lueur du ciel était plus naturelle qu'il le croyait lorsqu'une rafale de vent et de neige lui fouetta le visage. Anuki se demanda s'il devait s'arrêter pour construire un abri, puis décida de poursuivre son chemin. Encore une fois, il ne savait pas vraiment pourquoi puisqu'il allait droit devant sans but véritable. Quelques minutes plus tard, le silence de l'île, ce silence de l'absence de vie, de mouvements, se creusa davantage encore, comme évidé de l'intérieur, et un vent chargé de neige se mit à souffler avec violence. Une tempête de neige s'annonçait. Mais Anuki continua son chemin.

L'obscurité s'accentua. On ne voyait presque plus rien. Le vent se mit à mugir d'une façon effrayante. Cette fois, Anuki s'arrêta. Alors qu'il commençait à monter son abri, il crut percevoir une lumière au loin, découpant dans les ténèbres une forme inconnue : un bateau, pensa-t-il. Son cœur battit fort et sa crainte n'avait rien à voir avec la tempête de neige, même s'il se dépêcha de poursuivre la construction de son abri, car les heures qui suivraient seraient mortelles pour lui et ses chiens s'ils restaient dehors.

Au moment où la tempête déferla, Anuki et les chiens étaient protégés par les moellons de neige. Les chiens, roulés en boule, étaient chauds et silencieux. Le jeune homme, logeant ses mains glacées contre leurs ventres, se plaça entre eux et bientôt la température monta à l'intérieur de l'igloo. Le vent hurlait à l'extérieur. C'étaient des coups de boutoir à vide, car il n'y avait rien pour stopper le cours de la tempête sur la surface plate de l'île. Ce n'était que le cours furieux, déchaîné, d'une puissance sans but.

Les chiens s'endormirent. Ils ronflaient légèrement. Bercé par ce bruit et la chaleur, Anuki s'endormit aussi.

Leur sommeil dura très longtemps, au-delà de toute durée coutumière. Il dura le temps d'une tempête inusitée, comme si le sommeil s'adaptait à elle en faisant le gros dos, et ce n'est que lorsque le silence se fit – était-ce après une nuit, une nuit et un jour, deux nuits ? – que les trois êtres se réveillèrent. Ils étaient allés si loin dans le sommeil qu'ils s'éveillèrent hagards, ne sachant où ils se trouvaient.

C'est qu'ils n'étaient nulle part. Ils étaient par-delà les mondes connus, sur une île que même les Inuit évitaient.

Lorsque Anuki sortit de l'abri, il put voir distinctement une lumière à une grande distance de lui, une lumière qui perçait l'obscurité de l'hiver avec une ténacité obstinée. Il resta longuement à l'observer, car il savait ce que cela signifiait : la peur et le combat, car cette fois-ci les Blancs n'étaient pas morts. Anuki réfléchit : il emportait fusils et pistolet, il possédait aussi les ciseaux et la substance marron. Qui dirait encore qu'il était un lâche ? Il était allé au-devant des Blancs. Était-ce sa faute s'il n'avait trouvé que des cadavres ?

Mais il y avait encore ce vieux et long combat contre la peur, qui n'aurait pas de fin tant qu'il ne trouverait pas de réponse.

Anuki attendit les fugitives lueurs du jour et lorsque celui-ci se fut levé, pour une clarté vague et morne, les chiens et l'homme se dirigèrent vers le bateau encore invisible, car seule la lumière désormais éteinte l'avait tiré du néant qui l'engloutissait.

Ils marchèrent sur la mer gelée, à bonne allure. Parfois, ils durent faire des détours pour contourner des concrétions qui hérissaient la glace mais, sans savoir pourquoi, Anuki se méfiait moins de la glace que de l'île. Et c'est ainsi qu'ils parvinrent au bateau, au sein de cet éclat blanchâtre qui les accompagnait et qui s'était accentué au point qu'ils semblaient noyés à l'intérieur, comme des taches hésitantes qui se déplaçaient.

C'était le *Terror*. Le navire, broyé par la pression de la glace, gîtait d'une façon inquiétante. Des craquements se faisaient entendre. Anuki, attentif, écoutait. Il tâchait de deviner l'ennemi. Mais aucun son n'était perceptible. Tout semblait aussi mort que les cadavres du continent. Et pourtant il avait bien perçu une lumière.

Il prit un fusil à l'épaule. Il garda son couteau, grimpa doucement, sa légèreté faisant merveille, à bord du navire. Il escalada le bastingage et parvint sur le pont, qui était désert. Anuki s'attendait à ce qu'il en soit ainsi. Les Blancs craignant le froid, ils se terraient forcément en dessous. Il trouva une ouverture et s'enfonça dans les profondeurs du navire. Il avait saisi son couteau. Et tout à coup, une lumière illumina la cale. Et derrière cette lumière, dans le vaste espace délimité, se tenait un géant, plus effrayant que tout ce qu'on pouvait imaginer. La lampe était sur le sol et l'illuminait en pied, tout de noir vêtu. C'était un Blanc d'une taille gigantesque, comme seuls les récits les plus fous l'évoquaient. Anuki était une souris en face de lui. Les yeux de l'homme étaient fixes, ses lèvres noires et lui-même était livide.

L'homme se mit à parler. Anuki supposa qu'il s'adressait à lui, mais il n'en était pas sûr car l'homme paraissait ne pas le voir, son regard était vide. Le jeune homme se mit à trembler. Il saisit son couteau. Sa main tremblait. Mais il avança, avec de petits tressautements des épaules, tendant sa main armée de son couteau.

Le Blanc parla encore et on ne savait toujours pas à qui il s'adressait. Ses yeux restaient fixes, terrifiants. Mais soudain, du fond de son absence, une brusque bouffée de conscience lui revint, et il aperçut Anuki. Il le vit de très haut, comme on découvre un enfant, et ses lèvres s'ouvrirent sur un sourire livide et affreux, un sourire comme Anuki n'en avait jamais vu, ouvert sur un trou sombre, édenté et tissé de haillons de salive. Et soudain, l'homme leva une main armée, elle, d'un pistolet et Anuki sut qu'il allait mourir, car les géants tuent les enfants. Mais, les yeux écarquillés, le géant retourna l'arme contre lui en prononçant une parole inconnue. Et son crâne s'éparpillant, l'immense corps s'écroula à terre.

Abasourdi, Anuki s'approcha de l'ombre. D'un regard incrédule, il embrassa la grande forme, s'attardant sur des bottes qui lui semblèrent d'une taille démesurée. Il dut s'asseoir par terre, tant il se sentait faible. Puis il ferma les yeux quelques secondes.

Il se leva, s'empara de la lampe et poursuivit son chemin dans les profondeurs du navire, tout au fond de la terre lui semblait-il, car il n'était jamais entré dans un espace de bois et d'acier comme celui-là, d'une épaisseur menaçante. Il avançait à pas prudents, sans un bruit, mais la lumière le signalait à tous. Personne pourtant n'allait vers lui. Des trottinements de rats ponctuaient le silence. Au fond de la cale, Anuki vit des provisions. Il était allé jusqu'au bout de la terre. Derrière les caisses, la carène du navire laissait apparaître la glace. Elle entrait, elle s'emparait du navire. Sous la pression, la coque de bois était en train d'éclater.

Alors il rebroussa chemin. Il repassa près du géant. Anuki se demanda s'il n'allait pas reprendre vie à son passage, mais le corps ne bougea pas. Il monta un escalier, entra dans un couloir puis poussa une porte. Il pénétra dans une cabine et là, dans une armoire, apparut un trésor : de la vaisselle d'argent. Il en connaissait la valeur, il savait combien les membres de son peuple en reconnaissaient l'importance. La vaisselle en main, il se mit à sourire en songeant à Tjani.

Lorsqu'il remonta sur le pont du navire, il y eut encore un terrible craquement. Bientôt, le bateau sombrerait au fond des eaux, effaçant l'étrangeté, la mort et renouant avec le vide. La glace recouvrirait tout.

ÉPILOGUE

1866

Presque vingt ans plus tard, en 1866, Jane contempla la foule rassemblée place Waterloo avec le sentiment du devoir accompli. Devant elle se tenaient différents membres du Parlement ainsi que les plus hauts responsables de l'Amirauté et bien sûr les plus grands noms de l'exploration britannique. Back lui-même était là, un peu courbé par l'âge et toujours aussi satisfait de lui-même. William Coppin aussi. Le célèbre sculpteur Matthew Noble, qui avait réalisé la statue, n'aurait jamais manqué la cérémonie. Il y avait même deux écrivains, Charles Dickens et un nouveau venu du nom de Jules Verne. La foule se tenait silencieuse et recueillie.

C'est qu'ils contemplaient, par-delà Jane, la statue de bronze. Un homme au physique puissant, avec le corps épais de ces lutteurs que l'embonpoint ne fait que renforcer, était montré debout, revêtu de l'uniforme de la marine royale, le pied droit légèrement avancé, le genou ployé, une ancre de marine au sol. Un homme d'âge mûr, dans toute la plénitude de ses forces, le front large, les cheveux bouclés et abondants. Un officier de la marine de Sa Majesté. Le menton carré était relevé et il portait dans sa main droite le rouleau de ce qui semblait une lettre de mission. Une lecture allégorique ferait aisément de lui le Messager.

À la base du monument était gravée une scène d'enterrement, d'une beauté primitive. Une rangée d'hommes en manteau de fourrure, encerclés de montagnes neigeuses, se recueillaient autour d'un cercueil et il y avait dans cette scène intemporelle, qui pourrait surgir d'un tableau du Moyen Âge, la puissance païenne d'un hommage au guerrier mort.

L'inscription suivante éclairait l'histoire de cette statue :

Au grand navigateur arctique et à ses courageux compagnons qui sacrifièrent leurs vies pour accomplir la découverte du passage du Nord-Ouest. Août 1847.

— Je n'aurais jamais pensé que Franklin était un tel colosse, murmura perfidement Back à Coppin.

Celui-ci ne daigna pas répondre.

Jane s'approcha des deux hommes.

— Il ne manque que James. Il aurait aimé voir la statue de son ami, dit-elle tristement.

— Il nous manque aussi. Mais nous sommes tous heureux de célébrer la mémoire de John, lady Franklin, dit Back. Et nous vous le devons.

Jane eut un sourire moqueur et se détourna. Vexé, Back ne put s'empêcher de contempler avec admiration la femme qui avait fait de John Franklin, contre toute vérité, l'explorateur du passage du Nord-Ouest, et d'un petit homme gras un colosse de bronze promis à l'éternité. L'entregent de Jane était tel qu'elle finirait par installer une plaque pour son mari à Westminster Abbey, songea-t-il, comme les plus grands héros de l'empire. Personne ne ferait cela pour lui. Mais au moins, se consola-t-il, il mourrait sans doute dans son lit, à Londres, couvert d'honneur, ce qui était peu héroïque mais plus confortable.

Jane songea à la mort de James Ross. Aucun rêve ne l'avait uni à lui le jour de sa mort. Depuis la mort de sa femme, cet homme qui semblait si fort s'était affaibli et il était mort au même âge que John, en 1862.

— Vous avez fait un travail remarquable, monsieur ! dit-elle en passant devant Noble, qui s'inclina noblement. Et vous aussi, dans un autre art ! ajouta-t-elle en français au dénommé Jules Verne qui s'inclina également.

Ce Verne était un jeune écrivain français et barbu qui avait publié deux ans plus tôt son deuxième roman, les *Voyages et aventures du capitaine Hatteras* où Jane avait pu lire dans plusieurs chapitres les aventures de son mari puisque ce M. Verne écrivait des romans qui semblaient des encyclopédies, avec mille détails en l'occurrence sur Franklin, McClintock, Bellot, relatant en même temps que les aventures de ce capitaine Hatteras (une sorte de fou obsédé par le Nord) les expéditions de l'Arctique, en mettant au premier rang, comme il se devait, sir John Franklin. Une phrase avait fait sursauter Jane : « Les noms de ces hardis navigateurs se pressaient dans son souvenir, et il croyait entrevoir sous les arceaux glacés de la banquise les pâles fantômes de ceux qui ne revinrent pas. » Elle l'avait donc invité à l'inauguration de la statue à Londres, ce que ce Français anglomane – il y en avait donc un ! – mais non anglophone avait accepté avec enthousiasme.

— Charles, dit Jane, voici un de vos collègues.

Le plus célèbre romancier d'Angleterre – c'est ce que Dickens était entre-temps devenu – toisa le jeune écrivain, ce qui n'émut pas du tout celui-ci, qui ne lisait jamais d'écrivains étrangers, la France étant la patrie de la littérature.

— Vous connaissez Victor Hugo ? demanda Dickens.

— Non, répondit Jules Verne, le rouge au front. Il est en exil, vous savez, mentit-il, puisque de toute façon l'immense célébrité de Hugo le coupait des simples écrivains comme lui.

— Il m'a reçu chez lui ! dit l'Anglais d'un ton sombre, comme si on l'insultait.

Jules Verne devint cramoisi.

— Je connais Alexandre Dumas ! se rebiffa-t-il. Le père et le fils.

Dickens renifla.

— Hugo m'a reçu dans son salon.

Et il se retourna, laissant seul le pauvre Jules Verne.

Jane vint à sa rescousse.

— Votre récit était passionnant, cher monsieur Verne. J'ai été très émue de lire le destin de mon mari raconté avec tant de détails.

— L'Europe entière a frémi devant les exploits héroïques de votre mari, madame. Je n'en ai été que l'humble scripteur, dit Jules Verne, avec cette affection pour l'adjectif dont témoignaient ses romans.

— Le monde entier, je crois, dit Jane en redressant la tête.

— Bien sûr, bien sûr, le monde entier, fit Verne en inclinant le buste.

— Êtes-vous un grand voyageur pour décrire si bien ces aventures en Afrique ou au pôle ?

— Comparé à ces héros extraordinaires, je ne suis qu'un pauvre batelier. J'ai acheté un bateau qui me permet de pratiquer le cabotage, voilà tout. Mais je me documente avec attention, avec le projet de raconter ainsi le monde entier à travers mes *Voyages extraordinaires*, dit Verne en s'échauffant.

— Passionnant ! dit poliment Jane, d'autant qu'elle n'avait pas compris le mot « cabotage ». Les *Voyages extraordinaires* : quel beau nom pour une œuvre ! Moi-même, le voyage a été une de mes passions. Et quel intérêt pour les inventions modernes !

— Oui, cela m'a toujours passionné. La puissance de l'électricité me fascine. Un jour, cette énergie gouvernera notre monde.

— Bien entendu, dit Jane distraitement, observant du coin de l'œil Back qui s'éloignait de la place Waterloo, beaucoup trop tôt à son goût.

— Grâce à elle, nous maîtriserons les airs et les mers, des aéronefs plus lourds que l'air traverseront le monde et des engins sous-marins exploreront les mers…

Jane comprit que, comme tous les Français, ce Verne voulait se rendre intéressant en racontant n'importe quoi. C'était toujours le problème avec cette nation : lorsqu'elle était devenue incapable de gouverner l'Europe, elle avait voulu prendre la direction des esprits.

— Je crois même qu'un jour l'homme ira dans la

Lune, s'exclama Jules Verne, beaucoup trop fort pour un auditoire accoutumé à plus de mesure.

Jane éclata de rire, ainsi que trois ou quatre personnes, dont William Coppin, qui avaient entendu ce propos absurde.

— La question n'est pas d'aller dans la Lune, monsieur Verne, dit l'ombrageux Dickens, revenant dans la conversation, c'est de se connaître soi-même. C'est un voyage plus long et plus terrible que tous les voyages extraordinaires.

Comme Jane le foudroyait du regard, il se reprit.

— Enfin... je veux dire... c'est une métaphore...

— Vous parlez comme un Français, monsieur, dit Verne d'un air soupçonneux. En coupant les cheveux en quatre. Mais peut-être avez-vous raison. Je ne me lancerai quant à moi jamais dans ce voyage-là. Arpenter la planète par l'imagination suffira à toute mon existence.

Jules Verne se tourna vers Jane.

— Votre conduite, madame, a ému l'Europe entière. Le monde entier même, ajouta Verne, qui ne refaisait jamais deux fois la même erreur. Quelle énergie a pu vous porter jusqu'à la vérité révélée par le capitaine McClintock ?

Le regard de Jane Franklin s'éleva vers la statue de bronze.

— J'ai fait un rêve, monsieur Verne... Et les fantômes m'ont aidée, ajouta-t-elle en souriant à Coppin.

Composition : Nord Compo
Achevé d'imprimer par Normandie Roto Impression s.a.s.,
en mai 2023
Dépôt légal : mai 2023
Numéro d'imprimeur : 2301529

ISBN : 978-2-07-302942-3 / Imprimé en France.

600681